Trouvé dans une fouille faite à la DEVI-
NIERE, Métairie à une lieue de CHINON,
où naquit FRANÇOIS RABELAIS de
joyeuſe mémoire. Le ſtile de l'Inſ-
cription gravée ſur ce morceau
de Pierre , ne pourroit-il pas
faire conjecturer qu'il en
eſt l'Auteur? A ce défaut
ce ne peut toujours
être qu'un fidèle co-
piſte de ce Facé-
tieux Perſon-
nage , vrai-
ment Ori-
ginal.

A Φ A A

OBJET DE CU   RIOSITÉ

LAISSES   LES OS

fineos meros deos enos
laos baros beos deos celos
luyos quios meos reos
garos deos.

LE PLAT
DE
CARNAVAL
OU
LES BEIGNETS

Apprêtés par Guillaume
Bonnepâte, *Cl. Sim-Caron*

*Pour remettre en appétit ceux qui l'ont
perdu.*

Ils font tout chauds,
oh ! oh ! oh ! oh !
Ils font tout chauds.

A BONNE-HUILE,
Chez Feu-Clair, rue de la Poêle ;
A la Pomme de Reinette.

L'AN DIX-HUIT CENT D'OEUFS.

AVANT-SERVICE

OU

IL FAUT LIRE ÇA,

Morceau de profe bon à digérer,

accommodé

très-proprement

PAR L'ILLUSTRISSIME

&

SAVANTISSIME

MONSIEUR

PRÉFACE.

IL FAUT LIRE ÇA.

C'est l'Éditeur qui décrit son aventure.

IL pouvoit être dix heures du matin , & c'étoit une des Fêtes graffes de l'an 1784, fête marquée en rouge dans le Calendrier & plus que *Grand Solemnel* pour les dévots confits en joyeufeté & bombance , Macaroniquement dits : *Mangeantes fortè, benè Buvantes, Dansantes , Valsantes , et ad hoc duno piede lesto Marchantes , Festinos et Ballos Practicantes.*

J'étois dans mon fauteuil & au coin de mon feu & je m'entretenois avec un de mes meilleurs amis (Michel de Montaigne) qui me parloit alors de l'indocilité d'un des membres de l'homme , lequel il m'affuroit contefter impérieufement avec fa volonté & refufer avec fierté & obftination fes follicitations mentales & manuelles , & me difoit que si ce membre étoit indocile , plufieurs autres ne l'étoient pas moins; que même « les Outils qui servent à décharger le ventre, ont leurs propres dilatations & compressions, outre & contre noftre advis, comme ceux-cy à déscharger les roignons. Et ce que pour autorizer la puiffance de noftre volonté, Sainct Augustin allegue avoir veu quelqu'un * qui commandoit à fon derrière autant de pets qu'il en vouloit: & que Vives enchérit d'un autre exemple de fon temps, de pets organisez, suivants le ton des voix qu'on leur prononçoit, ne fuppofe non plus pure l'obéiffance de ce membre. Car en eft-il ordinairement de plus indifcret & tumultuaire? Joint que j'en cognoy un fi turbu-

---

* Non nulli ab imo fine pudore ullo ita numerosos pro arbitrio sonitus edunt, ut ex illâ etiam parte cantare videantur : *August.* de Civit. Dei, L. XIV. c. 24. Sur quoi voici ce que Vives ajoute en forme de commentaire : —— *Talis fuit memoriâ noftrâ, Germanus quidam in Comitatu Maximiliani Cesaris et Philippi ejus filii; nec ullum erat carmen, quod non ille crepitibus pudicis redderet.*

C'eft *Podicis* qu'il faut, vérification faite.

lent & revefche qu'il y a quarante ans qu'il
tient son maiftre à pèter d'une haleine &
d'une obligation conftante & irrémit-
tente & le meine ainfi à la mort. Et pleuft
à Dieu que je ne le sçeuffe que par les hif-
toires, combien de fois noftre ventre par
le refus d'un feul pet nous meine jufques
aux portes d'une mort très-angoiffeufe: &
que l'Empereur * qui nous donna liberté
de pèter partout, nous en euft donné le
pouvoir.

Il alloit continuer lorfque j'entendis
fraper à ma porte, ce qui me chagrina
un peu, car je préfumai bien qu'on alloit
m'arracher à mon ami (toujours Michel
de Montaigne) & il m'en coute beaucoup
à me féparer de lui. J'allai donc ouvrir.
C'étoit Pampy le Nègre de Madame de
F******. Femme auffi Bonne que belle
qui me fefoit parvenir un petit mot d'écrit
que je lus fur le champ. J'y vis que l'on

** L'Empereur Claude permit par un Edit à
tous ses sujets de peter librement, même jufqu'à sa table, pourvu qu'on le fit clairement,
et cet Edit fut très-autenthique. (*Suétone.*)

m'invitoit à venir ce jour même prendre ma part d'une petite colation ou la poêle en devoit jouer d'un air. Je remerciai le porteur d'une invitation si agréable , je lui dis de présenter mes hommages respectueux à sa maîtresse et de l'assurer que j'irois gaillardement faire chez elle la St. Mardi-Gras. Ce qui fut dit fut fait. Me voilà rendu chez la Dame où je trouvai brillante compagnie. Je ne parlerai pas ici de l'avant jeu , je veux dire que je ne détaillerai pas tous les propos plaisans de M. B*****, qui vous raconte si bien une histoire qu'il feroit rire un Heraclite , que je ne raporterai pas les chansons joyeuses dont nous régala M. S******. homme du plus grand mérite;& j'en viens à la scêne de table que nous offrit l'arrivée d'un ample & superbe plat de Beignets. Le voilà déposé sur la table il en faut faire les honneurs. Passés-le, dit Mde. de F**. , passés-le à l'Ami & l'ami c'étoit moi , car on me donne ce nom assez ordinairement partout où je vais. Je fais la politesse,& comme un bien civilisé je pris le Beignet qui se

trouvoit tout-deſſus les autres. A ſa groſ-
ſeur je me doutai de quelque choſe de ma-
licieux. Auſſi dis-je à part moi , où ſi
vous aimés mieux , *in petto* je ſuis attrapé. Qu'importe *!* Feſons ſemblant de l'i-
gnorer & jouons notre rôle dans la farce.
Soudain je portai à ma bouche le ſucculent
Beignet. (Tous les yeux étoient fixés ſur
moi.) Je ſentis alors ſous la dent une matière hétérogène , je m'explique, quelque
choſe de *réſiſtible* & qui n'étoit rien moins
que de la pomme : C'étoit du papier écrit
qu'on avoit adroitement plié , arrondi &
couvert de pâte. Je voulus voir ce qu'il
contenoit & pour y parvenir, je m'y pris
comme on doit s'y prendre; & je lus.

Trait de folie qui eut un bon effet.

Une Dame étoit tourmentée d'une colique violente : elle lâcha un petit pet :
ſon Médecin qui étoit préſent , ſe prit à
dire que ce petit pet valoit plus de cent
écus. Une groſſe Servante de cuiſine entendant ce diſcours du Médecin, ſe mit
à en faire un des mieux nourris & qui fit

retentir tòute la chambre , en difant celui-ci en vaut donc bien deux cens. La
folie de cette Servante caufa à cette Dame
un ris fi démefuré, que cela produifant une
forte de dilatation dans toutes les parties
de fón corps la guérit fur-le-champ de fa
colique en diffipant les vents qui la cau-
foient.

Lecture faite, je fus affez content de
ma trouvaille. Pendant tout ce tems chacun rioit à fa manière de me voir attrapé. Celui-là en ha *!* ha *!* ha *!* Celui-ci
en hé *!* hé *!* hé *!* Ce qui fefoit un charivari
tout à fait amufant. Mais une Groffe Don-
don , femme de charge , dans un des coins
de la Salle , qui n'en pouvoit plus de rire
& qui fe tenoit les côtés en étouffant gra-
duellement des ho *!* ho *!* ho *!* me devint
fufpecte. Je jugeai à fa mine qu'elle avoit
contribué pour fa bonne part au petit tour
que l'on venoit de me jouer. C'eft pourquoi je lui demandai où elle avoit pris ces
feuillets manufcrits dont mon beignet fe
trouvoit farci. Dans un gros livre , me ré-

pondit-elle, que M. Guillaume mon tendre & cher époux, s'amuſoit à griffoner de ſon vivant. Et où eſt-il ce livre ? --- Dans l'Office, M. --- Voudriés vous me le comuniquer ? Comment donc, M., me dit-elle, en me feſant une révérence à cul ouvert, il eſt tout à vous, M. ſi vous le voulez. --- Oui vraiment, je le veux, lui répliquai-ſe. Elle alors de voler le chercher, de l'aporter et de me le donner : Moi de le prendre & de le mettre très-apertement dans ma poche, en diſant: j'en pourrai faire mon profit. Votre profit ? me dit-on. Oui répliquai-je, mon profit. --- Et comment ? Suffit, je m'entens, vous m'avez attrapé, vous êtes ſatisfaits.

Puiſſe aujourd'hui le Lecteur à qui j'offre cette joyeuſe compilation, être auſſi content que je le fus & dire ainſi que moi : Attrapés-moi toujours de même.

Le Manuſcrit original étoit ſans titre ; mais tant pour ce qu'il contenoit que par la circonſtance qui me l'avoit procuré, j'ai cru ne pouvoir lui en donner un plus convenable que celui-ci.

Le Plat

LE PLAT

DE CARNAVAL

OU

LES BEIGNETS

Apprêtés par Guillaume
Bonnepâte.

PREMIER BEIGNET.

LES AMOURS

DE L'ANGE LURE

ET DE LA FÉE LURE.

Roman Hiſtorique plus vrai qu'on
ne penſe.

LA Fée Lure, ſans pouvoir être comptée
parmi les Fées Nomènes , tenoit un rang

A

confidérable dans l'empire de l'Amour.
Tous les hommes la recherchoient avec
empreffement ; les femmes mêmes n'en
étoient pas jaloufes, & lui rendoient naturellement tant de juftice , qu'elles trou-
voient tout fimple que leurs amans fuffent
fans ceffe occupés du foin de rencontrer
la Fée Lure ; & loin de contrarier en cela
leur defir , elles s'y prêtoient journellement , avec la plus extrême douceur. Il
n'eft donc pas étonnant que cette aimable Fée ait fini par mettre les Anges mêmes du nombre de fes foupirants.

L'Ange Lure fut celui qui fe déclara
le premier, & les autres s'engagèrent à
le fervir dans fes amours. Le rapport
des noms lui fervit d'abord de prétexte
pour s'introduire ; il fe dit fon parent, la
Fée le crut. Il lui parut tout fimple de
recevoir fon coufin , de le voir tous les
jours & de fe montrer fans ceffe en public avec lui.

Malheureufement elle crut ; pour la

décence, devoir mener avec elle une Fée de ſes amies, & fit choix de la Fée Néantiſe. L'Ange Lure, de ſon côté, mit l'Ange Oleur de la partie, & ce fut là ce qui perdit la Fée Lure.

Il eſt peu de femmes qui puiſſent conſerver leurs principes en pareille compagnie. Si elles réſiſtent aux ſéductions de l'Ange Oleur, elles ſuccombent aux conſeils de la Fée Néantiſe.

Auſſi l'Ange Lure ne tarda-t-il pas à profiter de ſes avantages. Il vit que l'heure de la Fée étoit venue, mais comme il étoit un peu froid par tempéramment & qu'il ne ſe ſentoit pas encore aſſez fort par lui-même, il chargea l'Ange Oleur d'engager la Fée Lure à recevoir l'Ange Ein le plus dangereux de tous, le plus inſinuant & le plus entrant.

L'Ange Oleur s'approcha de l'oreille de la Fée Lure, & lui faiſant tout bas la propoſition, il ajouta : vous ſerez charmée de le recevoir. C'eſt le père de la Fée

Licité, que vous aimez & pour qui vous avez de la confidération. La Fée Lure confulta la Fée Néantife, qui lui dit : qu'eft-ce que vous rifquez ? Laiffez-le entrer.... A ce mot L'Ange Ein, qui s'é-toit tenu caché jufques-là, fe montra tout-à-coup & par le moyen de l'Ange Embée il fe trouva à l'inftant à portée de la Fée Lure, qui l'accueillit avec tout plein de grace. La converfation fut des plus piquantes & en général, il fe condui-fit d'une manère fi fatisfaifante, fans bleffer aucunement la Fée, qu'elle en fut pénétrée ; & comme il fe difpofoit à for-tir, il n'eft point de mouvemens qu'elle ne fe donnat pour le retenir, l'engageant d'ailleurs à revenir fouvent, ce qu'il pro-mit avec une inclination refpeétueufe, puis il fe retira pour fe renfermer chez lui.

Mais la Fée s'apperçut bientôt que la Fée Condité pourroit la trahir & que cette Fée, négligée trop fouvent, avoit voulu, contre l'ufage ordinaire, jouer fon rôle dans l'intrigue que l'Ange Oleur & la Fée Néantife avoient fi bien conduite.

Elle voulut quelque tems douter de fon malheur ; mais voyant enfin que la Fée Condité s'obftinoit à faire connoître dans le monde ce qui s'étoit paffé & qu'elle finiroit par la déchirer impitoya-blement, elle crut devoir engager l'Ange Lure à l'époufer pour couvrir fes torts. Celui-ci, malgré les confeils de la Fée Lonie, qui voulut l'éloigner de ce maria-ge, y confentit enfin, à la fatisfaction des Anges & des Fées, qui fe réunirent pour les mettre en ménage & pour célé-brer leur union.

Les Noces fe firent rue de la Fée Ronnerie, dans une maifon que l'Ange Oliveur avoit merveilleufement décoré, & dans laquelle la Fée Raille avoit pofé elle-même les fonnettes & les tringles. La Fée Zandrie apporta les plats au feftin, & l'Ange Vin fe chargea d'abreuver les convives.

Pendant le repas l'Ange Oument foutint lui feul la converfation & ne voulut plus dès ce moment quitter les nouveaux mariés. Après fouper il y eut un Pharaon dont l'Ange Eu fit tous les frais ; enfuite un bal magnifique où tous les convives développèrent à l'envie leurs graces & leur légèreté ; jufqu'à la Fée Rôce , qui voulut y danfer fa contredanfe ; mais comme à chaque faut, elle étoit toute effouflée , la Fée Rule étoit fouvent obligée de lui donner fur les doigts pour la faire aller èn mefure. Malgré cela on lui fut très-bon gré de fa bonne volonté.

Par cet heureux mariage, l'aimable Fée Lure répara du moins aux yeux du public, le tort que la Fée Condité lui avoit fait ; elle ne fut plus obligée de cacher fa groffeffe & quelque mois après , elle accoucha publiquement d'un fils qui fut appelé tout d'une voix l'Ange André.

Les combats pénibles de la Fée Lure, loin de diminuer fes charmes, ne firent que les accroître & les développer davantage, & cela lui infpira des projets d'ambition qui lui réuffirent. Dès-lors fa maifon fut ouverte aux plus grands Seigneurs. La Fée Lure devint de jour en jour plus confidérable, & parvint enfin au point de grandeur où nous la voyons aujourd'hui.

SECOND BEIGNET.

LE PONT
DE GARGANTUA.

ROMANCE,

Sur l'Air : des Pendus.

SI Rabelais perpétua
Les hauts faits de Gargantua.
Il eft un trait de fon hiftoire
Dont fe conferve la mémoire
Dans les archives de Calais,
Et que n'a pas fu Rabelais.

Saint Thomas de Cantorbéri (*)
Martirifé par un Henry,
Second du nom, Roi d'Angleterre,
D'un bout à l'autre de la terre,
Par les miracles qu'il faifoit
Tous les bons chrétiens attiroit.

Dieu fait combien tous les chemins
Etoient couverts de pélerins,
Avec gentilles pélerines
Portant bourdons & capelines;
Mais ce qui leur fembloit amer,
C'eft qu'il falloit paffer la mer.

En arrivant au bord de l'eau,
Point de barque, ni de bateau,
Le vent du nord, toujours contraire,
Les retenoit en Angleterre.

(*) On sait ou l'on saura que ce grand Saint,
quoique fort entêté, ayant été martyrisé par
quelques courtisans de Henri II, Roi d'Angleterre, fit peu de tems après sa mort tant de
miracles, que l'on courroit de toutes parts en
pélerinage à son tombeau.

Quelle fortune pour Calais,
Et furtout pour les cabarets !

Avec la folle & le gigot
Buvant à tirelarigot
On jeûnoit au lit comme à table ;
Et fi d'un vent peu favorable
Plus d'un dévot fe défoloit,
Plus d'un gaillard fe confoloit.

L'un des derniers, un beau matin,
Comme il fortoit d'un grand feftin,
Portant les yeux fur le rivage,
Y voit dormir un perfonnage,
Qu'à la taille énorme qu'il a,
Il juge être Gargantua.

Ce Coloffe, probablement,
Revoit bien agréablement,
Car il fortait de fa jacquette
Certain joujou, non de fillette
Et qui tellement s'allongeait
Que jufqu'à Douvre * il atteignait.

De ce prodige émerveillé
il doute s'il eft éveillé ;

* On fait que de Calais à Douvre, il n'y a guère
que fept lieues de mer.

Mais fur qu'il n'a pas la berlue,
Bientôt volant de rue en rue,
Il annonce aux plus matineux
Ce qu'il a vu de fes deux yeux.

Tout court, tout admire ce pont,
Mais qu'on croit moins ferme que
    long.
Le sexe le moins intrépide ,
Les femmes le trouvent folide ;
Et contre un tel certificat,
Point ne fe trouva d'Avocat.

Bientôt tous en proceffion
Touchaient aux côtes d'Albion ,
Sans que la route fut moins ftable ;
Mais par un malheur effroiable,
Certain maudit coup de bourdon
Piqua le trop fenfible pont.

Ce pont d'abord fe refferant,
Puis brufquement fe retirant ;
Toute la pieufe affemblée,
En trébuchant dans l'eau falée,
Chacun regrette avec effroi
De n'être pas refté chez foi.

Moralité.

Or, prions le doux Rédempteur
Qu'il garde de pareil malheur
Tout faiseur de pélerinage;
Et qu'avec femme, s'il est sage,
Ayant quelque pont à passer;
Celui-ci lui donne à penser.

TROISIÈME BEIGNET.

TOPOGRAPHIE (*)

Des Pays situés au milieu du Monde.

LES Géographes ont donné mal-à-
propos le nom de *pays bas* à des pays
qui sont situés au milieu du monde, &
qu'on devrait par conséquent appeler
pays du milieu. C'est pour réfuter une
erreur si grossière, que j'entreprends d'en
donner la description & la véritable situa-
tion.

(*) Ce mot signifie description particulière
d'un lieu.

On les divife en *pays du milieu masculins* ; & en *pays du milieu féminins*.
Les uns & les autres font placés fous la
zone torride ou brûlante. Je ne parlerai
pas des premiers, parce qu'ils n'offrent
aucuns détails agréables : je dirai feulement qu'ils font en grande correfpondance
avec les pays féminins, fur lefquels je
vais m'étendre le plus que je pourrai.

La capitale de ces pays eft Conftantinople (*) ; fon afpect extérieur eft de forme ovale, & bordé d'une forêt au milieu
de laquelle fe trouve un détroit qu'il faut
paffer avant d'arriver à la ville. Elle eft fi-
tuée dans un fond où le foleil ne peut pé-
nétrer, ce qui rend ce lieu obfcur & humi-
de. Le climat eft très-chaud, comme
étant fous la zone torride.

Les feuls habitans de cette place font
des enfans ; mais lorfqu'ils font parvenus

(*) La capitale de la Turquie porte le même
nom.

à un certain âge., ils en fortent pour n'y rentrer jamais.

Au nord de Conftantinople ; c'eft-à dire au-deffus, on voit un monticule qu'on appelle *mont de Vénus*, je ne fais pourquoi ; je penfe qu'on aurait pu lui donner le nom d'*Hélicon*. Il eft couvert d'une forêt : directement au-deffous , on apperçoit une petite fontaine , qui eft la fource d'une rivière , appelée *rivière jaune*, fans doute à caufe de la couleur de fes eaux (1). Je l'appellerais plutôt un torrent , parce qu'elle ne coule pas régulièrement. Cette fontaine eft cachée par une partie de la forêt qui environne Conftantinople. Plus bas , on rencontre le détroit dont j'ai déjà parlé , & qui conduit à la ville. Elle eft expofée périodiquement aux inondations de la mer Rouge (2); mais ces inonda-

(1) Il y a à la Chine la rivière jaune et la rivière bleue.

(2) On trouve une autre *mer Rouge* entre l'Egypte et l'Arabie.

tions ne caufent aucun ravage., elles font au contraire très-falutaires au pays.

Conftantinople eft fujette aux incendies, & il n'y a que le *grand Vifir* qui puiffe les éteindre, parce qu'il n'y a que lui qui ait le droit d'entrer dans la ville. Sa patrie eft les *pays masculins.*

Les Antipodes (3) de Conftantinople, & qui dépendent de cette ville, n'offrent que deux montagnes que les connaiffeurs en hiftoire naturelle trouvent fort agréables; il n'y a pas de forêt comme fur le *mont de Vénus*: elles font féparées par une vallée étroite au milieu de laquelle eft une efpèce de volcan, qui de temps en temps fait des éruptions qui foulagent l'intérieur du pays.

(3) C'est-à-dire pays opposé.

QUATRIÈME BEIGNET.

Avertissement singulier, tiré d'un papier Anglais.

On donne avis qu'une veuve d'entre 30 à 40 ans, dont l'état eft honnête & la fortune affez confidérable, d'une bonne conftitution, qu'oiqu'elle foit blonde, & d'une figure qui eft mieux que les figures ordinaires, defire fe donner, avec tous fes biens, à un époux qui ait les qualités fuivantes : 1°. il doit être d'un âge mur, c'eft-à-dire, *entre 20 et 25 ans.* 2°. qu'il foit robufte, que fon tempérament n'ait point été altéré par la débauche, exempt de vapeurs & autres affections mélancoliques ou maladie de la rate. 3°. Qu'il foit brun, & d'une taille moyenne ; on a des raifons pour ne voulóir pas d'un homme trop grand ; & l'on ne croit pas qu'il faille fe fier plus aux petits. Quant à la figure, il

fuffira qu'il ne foit pas difforme ; mais on
ne veut pas un Adonis , parce qu'on ne
veut un époux que pour foi. 4°. A l'égard
de fa fortuue, on ne lui en demande point;
on fe borne aux qualités ci-deffus énon-
cées : on n'exige pas même qu'il ait vécu
en France, fi d'ailleurs il a reçu une bonne
éducation , s'il a de la douceur dans le ca-
ractère , & s'il fait comme on doit vivre
avec les femmes. Si néanmoins, à qualités
égales , il s'en préfentoit quelqu'un qui
eut paffé deux ans à Paris , on lui donne-
roit la préférence. Ceux qui peuvent avoir
quelque intérêt au préfent avertiffement ,
n'ont qu'à donner , par écrit , leur nom &
celui des perfonnes auprès defquelles on
pourra prendre les informations néceffai-
res , le tout dans un billet cacheté , qu'on
adreffera , fous double enveloppe , à *M.
James-Son , Banquier à Londres.* On
avertit tout Eccléfiaftique , quoique jeune,
& quelque prevenu de fa figure qu'il puiffe
être , de ne point fe prefenter. On donne
l'exclufion

l'exclufion à tous ceux de cet état, à caufe de la tristesse qu'ils répandent sur tout ce qui les environne.

V.

BEIGNET.

Enigme.

De ma grandeur je crois votre main la
    mefure,
Et ma groffeur la remplit aifément :
Sachez du moins quel eft mon fort & ma
    figure,
Si vous n'ofez rifquer l'attouchement.
Sans cou à mon corps une tête attachée,
Quoi qu'aveugle, toujours lui trace le
    chemin,
Et par Priape au travail condamnée
Se roidit, force & perce le terrein.
Je chéris ce travail, il a droit de me plaire;
    Mais une enflure qu'il produit,

B

Découvre toujours le myſtère ,
Et mon ouvrage me trahit.

Le mot de Logogriphe contenu dans le Beignet suivant n'est pas   *

VI.

BEIGNET.

Logogriphe.

Philis avec ſes doigts de Roſe
Me prend , me guide & m'introduit
Dans un certain petit réduit
Qu'ici je dois taire pour cauſe.
J'y vais toujours de bas en haut
En ſuivant la ligne directe ,
Je le chatouille & je l'humecte.

* (Note de l'Editeur.) Ceci est une imitation
d'un passage du *Moyen de Parvenir* où on trouve
cette question : « Vous qui en sçavez très-
tant , si vous aviez trouvé un C.. tout seul ,
que lui diriez vous ? »

S E R M O N VI.

Pag. 204, *Tome* 1, *de l'édition de* 100070073.

Je fais faire maint foubrefaut,
Je fais fouvent verfer des pleurs,
Ceci n'eft pas un badinage,
Et caufe auffi de légères douleurs
A qui de moi veut faire apprentiffage.
Par moi le linge eft tout fouillé,
Et la chofe eft bien naturelle ;
Car de l'endroit qui me recelle
Je ne fors jamais que mouillé.
Mon exiftence eft des plus claires :
J'ai cinq pieds, mais par un deftin nou-
veau,
En me privant de deux confrères,
Je ne fuis bon qu'à paffer l'eau.

SEPTIÈME BEIGNET.

POLICHINELLE

Demandant une place dans l'Académie,

COMÉDIE

Représentée à plusieurs reprises par les Marionnettes de Brioché , en présence des personnes les plus considérables de la Cour.

POLICHINELLE & le COMPÈRE.

Polichinelle.

Bon jour Compere. Sais-tu le deffein qui m'a *pissé* par la tête ?

Le Compere.

Comment piffé ? c'eft paffé que tu veus dire.

Polichinelle.

Par la fanguiene! il n'eft pas paffé, puif-
qu'il y eft encore.

Le Compere.

Eh bien ! quel eft-il ce deffein ?

Polichinelle.

C'eft que je veux demander a être reçu
au *Cas de ma Mie Françoise.*

Le Compere.

Comment au Cas de ta Mie Françoife ?
Qu'eft-ce que c'eft que le Cas de ta Mie
Françoife ?

Polichinelle.

Diable, le Cas de ma Mie, c'eft un lieu
où chaque fois qu'on y va, on donne à
chacun du *Jus de Tétons.*

Le Compere.

Du Jus de Tétons, & le Cas de ta Mie.
Ah ! je t'entens. Tu voudrois être de l'A-
cadémie Françoife pour avoir des jetons.

Polichinelle.

Eh ! oui. Ty voilà. Palfangué on dit
qne ces jetons valent pour le moins vingt

fols, & je n'en gagne que cinq à porter
mes crochets. C'eft un grand profil, Compere, que je ferois là.

Le Compere.

Dis donc profit; en parlant comme tu
fais, comment peus-tu efpérer d'entrer
dans cette compagnie qui n'eft compofée
que de gens éclairés.

Polichinelle.

Palfangué, s'il n'y a que ça, je fuis plus
éclairé qu'eux : car c'eft moi qui éclaire
les autres.

Le Compere.

Comment tu éclaires les autres ?

Polichinelle.

Eh ! oui : tu ne fais donc pas que je fuis
lanternier de notre quartier; & puis on
dit que ces gens là ne parlent que de lan-
terneries ; fi cela eft , la vache eft à nous,
Compere. Il y a pourtant une chofe qui
m'embaraffe.

Le Compere.

Qu'eft-ce que c'eft ?

Polichinelle.

C'eſt que je ne ſais pas comment je ferai pour manger du foin ?

Le Compere.

Que veus-tu dire, manger du foin . . . es-tu fou ?

Polichinelle.

Je véux dire que j'ai trouvé deux Charettes de foin qui feſoient un embaras devant leur porte & l'on diſoit que c'étoit pour ces Meſſieurs là.

Le Compere.

Gros fot ? C'eſt pour leurs chevaux.

Polichinelle.

Oh ! oh ! ce ſont donc des chevaux qui ſont là dedans ? Palſangué je m'en vais demander une place pour le mien ; auſſi bien eſt-il très-maigre. Le foin ſera pour lui & les jetons feront pour moi.

Le Compere.

Impertinent ! ſais-tu bien qu'il faut faire des vers, pour être de cette Compagnie.

Polichinelle.

J'en ai peut-être fait, fans y prendre garde , mais dorénavant je n'irai plus à la felle fans y regarder de près, furtout quand j'aurai mal au ventre.

Le Compere.

Gros bœuf! il ne s'agit point de ces vers là.

Polichinelle.

Quoi, font-ce des vers de fougère ?

Le Compere.

Des vers, font des ouvrages d'efprit que font les poëtes ; cela rime.

Polichinelle.

Cela *lime* , dis tu ? oh s'il ne faut qu'une lime j'en ai une chez nous.

Le Compere.

Rime , te dis - je. Voilà un plaifant animal, tu ne fais pas dire deux mots de fuite ; comment ferois - tu donc pour haranguer le jour de ta réception.

Polichinelle.

Pourquoi non ? je fuis de race.

Le Compere.

Comment de race.

Polichinelle.

Oui, de race, mon père vendoit des harengs, et ma mère étoit harangère; comment ne saurois-je pas haranguer?

Le Compere.

Allons, voions comment tu ferois; imagine toi que je suis l'Academie.

Polichinelle.

Oui dà! Compere. *Il pète, tousse et crache.*

Le Compere.

Qu'est-ce que tu fais là, cochon?

Polichinelle.

(Commençant sa harangue.)

Je me propose, *mes chieurs,*

Le Compere.

Comment, mes chieurs? dis donc messieurs: allons répette.

Polichinelle.

(Pète encore.)

Le Compere.

Mais que fais tu donc là, vilain pourceau?

Polichinelle.

Eh dame, tu es bien difficile, on ne
fait comment faire avec toi, tu me dis de
répeter, je répète.

Le Compere.

Je veux dire recommencer.

Polichinelle.

Ho-ça, puifque tu le veux, entrons
donc en matière. Meffieurs depuis que le
grand Cardinal de Richelieu a tiré l'Académie de cette profonde & vafte *matrice*
du néant, elle a si bien rivé le clou aux
autres Académies qu'elles ne font à l'égard
de la votre que comme un étron auprès
d'un pain de fucre : ainfi je ne prétens
pas vous ennuier par des *Lozanges.*

Le Compere.

Dis donc des louanges.

Polichinelle.

Louanges foit : Je veux d'abord vous
fourbir une occafion.

Le Compere.

Fournir, gros fot, et non pas fourbir.

Polichinelle.

Vous fournir l'occafion de manifefter vos *talons* & vos *genisses*.

Le Compere.

Quel diable de patois ! t'imagines - tu que ce foit la le-ftile de l'Académie ? Tu veux dire manifefter vos talens & vos génies.

Polichinelle.

Eh oui , l'un ne vaut - il pas l'autre ; c'est tout un. J'ai pour cela , meffieurs , trois chofes à vous propofer. 1°. Savoir : s'il faut dire une veffe en coque ou une veffe en coquille. Je vous prie, meffieurs, de vouloir bien fentir la force de cette queftion qui ne peut echapper à des nez tels que les vôtres. 2°. J'ai une grande *crapule* fur une façon de parler.

Le Compere.

Dis donc scrupule.

Polichinelle.

On dit quelquefois *entre deux selles le cul à terre* & je maintiens qu'il faut

dire entre deux fiéges le cul à terre ; car
à caufe du raport qu'il y a entre les felles
que l'on pouffe & les felles fur les quelles
on s'affied, outre qu'il y eft parlé du cul,
on pourroit croire qu'on feroit affis entre
deux étrons. 3°. Je voudrois qu'on dit le
confeil *aisance* & non pas le confeil
privé. Je voudrois auffi que vous chan-
geaffiés ce vilain mot de bran-de-vin,
parce que bran reffemble trop à merde.
Je vous laiffe fur la bonne bouche voilà
de quoi *putrifier* votre dictionnaire.

Le Compere.

Putrifier ! dis donc purifier.

Polichinelle.

Purifier votre dictionnaire qui ne pourroit fervir qu'a torcher le cul fi vous y
laiffiés toutes ces ordures.

Le Compére.

Voilà qui va bien, tu n'as qu'à aller te
faire recevoir, tu pourrois bien en même
tems recevoir quelques coups de bâton.

Polichinelle.

Bon ! je n'en aurois pas plus que tant

d'aütres de la dedans qui en méritent,
& auxquels on n'en donne point.

HUITIÈME BEIGNET.

Enigme.

Dans le monde je fuis tellement néceffaire,
Qu'une fillefans moi ne peut devenir mère,
A ce trait cher lecteur ne va pas penfer
    mal
Je forme l'homme et même l'animal.
    Quelque foit fa nature,
Tout membre me doit fa ftructure.
    Je plais au fexe féminin
Sur-tout lorsque j'entre en ménage,
Bref, je fers dans le mariage
Et j'aide à foutenir par-tout le genre hu-
    main.

NEUVIÈME BEIGNET.

Chanson.

Mettés votre nez dans mon cul,
Dit la Perdrix à table,
Il eſt ſans être dodu
D'un fumet admirable,
Bon ! dit le Lapin rablu,
Le mien eſt plus aimable.

Vive le cul qui ne sent rien,
dit la Caille graſſette
Meſſieurs baiſſés donc le mien,
Et moi dit l'Alouette :
Je ſuis pucelle et vaux bien
Que ſur moi l'on ſe jette.

Mais la Poularde au même inſtant
Montrant l'aile & la hanche,
Dit prenez moi par devant,
Levez ma cuiſſe blanche,

Avec mon jus fucculent
J'aurai bien ma revanche.

Aux conviés bien étonnés
En rompant le filence,
La Bécaffe dit venés
En toute diligence,
J'ai, meffieurs, pour votre nez
De la merde en effence.

DIXIÈME BEIGNET.

ASSIGNATION

D'UN AMANT A SA MAITRESSE,

Au Tribunal de l'Amour, pour être
condamné à lui donner son Cœur.

L'AN de Perféverance, le neuf du mois
d'affiduité en vertu des contraintes du
Bureau d'Amour, et à la requête de
TIRCIS, amant fidèle, demeurant rue

du Sacrifice ; à l'enfeigne de la belle
Paffion, où il a élû fon domicile, J'ai
Nicolas de Bonne-foi, Huiffier Audien-
cier ordinaire immatricule, exploitant par
tout le Royaume de Tendreffe, & l'un des
Officiers de Cupidon, Juge de l'Ifle de
Cythère, fouffigné donné Affignation à Da-
moifelle P H I L I S, fille de Cruauté & Ti-
rannie, en fon domicile rue des Rigueurs,
Paroiffe de Dureté, à l'enfeigne du Cœur
que l'on ne peut toucher, parlant à fon
aimable perfonne, à comparoir deux
heures de relevée en la chambre d'engagement & pardevant Monfeigneur Cupidon, Prince de la Conftance, Lieutenant
Général de la Fidélité, Marquis de Com-
plaifance, feul Juge du Royaume d'A-
mour, pour fe voir condamner ladite
Philis à donner dans le jour & fans délai
fon Cœur audit Tircis, conformément
à la promeffe verbale qu'elle en a faite,
lui déclarant que faute d'y comparoir,
elle fera atteinte & convaincue du crime
d'infidélité ; que défenfes lui feront faites

à

à l'avenir de plus hanter personne du sexe masculin, ne le méritant pas, sur les peines portées par les Ordonnances & Réglemens du Royaume d'Amour, & en outre pour l'infidélité par elle comise & avoir fauffé sa promesse audit Tircis, qu'elle sera pareillement comdamnée à une insensibilité perpétuelle, & à cette fin permis audit Tircis de donner son Cœur à qui bon lui semblera comme de raison, requerant dépens, dommages & intérêts, attendu les chagrins & inquiétudes causés par ladite Demoiselle Philis audit Tircis, & lui ai déclaré que Messire Charles Laimant, Procureur, occupera pour ledit Tircis en la Chambre du Bel-Amour, & ai à ladite Demoiselle parlant comme dessus laissé Copie du présent pour sûreté du tout.

Signé, De Bonne-foi.

Contrôlé en l'Isle de Cythere au Bureau de l'Amitié, le jour de la discorde, l'an de rupture, enregistré 19 *fol.* 1000. *l'engagement avec paraphe.*

C.

ONZIÈME BEIGNET.

ANECDOTE.

En 1470, *George Nevil*, frere du Comte *de Warvich*, appellé *le faiseur de Rois*, donna en son palais Archiépiscopal, à York, un festin prodigieux au Clergé, à la grande & à la petite Noblesse. L'état de sa dépense, conservé à la Tour de Londres, est curieux.

Etat de dépense.

300 *Quarters* de bled (*)
330 Tonneaux de biere.
104 Tonneaux de vin.
  1 Pipe de vin de liqueur (**).
 86 Taureaux sauvages.
 80 Bœufs gras.
1004 Moutons.

(*) Mesure d'Angleterre qui contient huit boisseaux de froment.

(**) Mesure qui contient deux barriques.

300 Cochons.

3000 Veaux.

2000 Chapons.

300 Cochons de lait.

100 Paons.

200 Grues.

2000 Poulets.

4000 Pigeons.

4000 Lapins.

204 Butors.

4000 Canards.

400 Hérons.

200 Faiſans.

4000 Bécaſſes.

400 Pluviers.

100 Corlieus, ou Courlis.

100 Cailles.

100 Aigrettes (*).

200 Rayes.

Plus de 400 Dains, Daines &
Chevreuils.

1056 Pâtés chauds de venaiſon.

(*) Espèce de pétits Hérons blancs.

2000 Pâtés froids.

1000 Plats de gelée coupée.

4000 Plats de gelée confolidée.

4000 Flands froids.

2000 Flands chauds.

300 Brochets.

300 Bremes.

8 Veaux marins.

4 Marfouins.

Et 400 Tartes.

Pour préparer & fervir le feftin, on employa mille Domeftiques, foixante-deux Cuifiniers & cinq cens douze Marmitons.

Mais tout varie en ce monde. Sept ans après, le Roi *Edouard IV* faifit le temporel de cet Archevêque : il l'envoya prifonnier en France, où il fut retenu dans les fers ; & l'homme qui avoit donné un pareil repas, mourut dans la mifère.

DOUZIÈME BEIGNET.

HISTOIRE FACÉTIEUSE
DU PÈRE DU CHÊNE,

Fameux Potier de Terre,
Rue Mazarine.

Le Père Duchêne étoit de Paris ; il s'é-
toit fait une grande réputation dans l'art
de fabriquer les fourneaux, & malgré sa
célébrité & sa petite fortune, il n'en etoit
pas plus fier. Il se faisoit un plaisir d'aller
tous les jours dans un certain cabaret de
son voisinage, dont il étoit l'Oracle & où
se rassembloient des gens publics, comme
qui diroit des Savoyards, des Décroteurs,
des Raccommodeurs de fayance, des
Porteurs d'eau, &c. Quand il entroit par
hasard un étranger, chacun s'empressoit
de lui faire remarquer le Père Duchêne

commé un homme qui avoit eu l'honneur
de parler plufieurs fois au Roi. --- Pas
vrai, P. D. que vous avez parlé au Roi?
--- Oui, f. --- Contés nous donc ça. --- Je
le veux bien, attention. --- Un jour que
j'étois à peine couché, je n'faifois que
d'mettre ma savatte fur la chandelle,
j'entendis dans not'rue brou, brou, bre,
bre, pan, pan, pan. N'est-ce pas ici le
P. D. --- Oui, f. c'est ici le P. D. ---
Ouvrés vite. --- J'pouffe not' femme qui
dormoit déjà comme un toupin. Madame
Duchêne, madame Duchêne? eft-ce
qu'vous n'entendés pas qu'on cogne, f.
Pendant ç'tems là, pan, pan, pan.
Eh! un moment facredié, vous êtes
bien preffés! on a ben attendu qu'vous
foiés v'nu au monde, pour vous f. un
béguin. Madame Duchêne, madame
Duchêne, allons donc, mille bougre!
foutés vous en bas dù lit, prenés un morceau de mon habit noir & battés l'briquet.
Allons, mon ptit; c'est qu't'es affis su
ma chemise : & toujours pan, pan, pan.

Ça m'impatiéntoit ! je m'fous moi-même
en bas du lit, tout jufte les pieds dans
l'pot de chambre. Vous fentés ma fituation. ---P. D. P. D. ---Eh ! un moment
facredié, fi vous en aviés autant fur la langue
que moi fur les pieds, vous n'crieriés pas fi
fort. Je m'effuiai proprement avec le devant d'ma chemife & je cours à la cheminée; j'prens une allumette & croyant voir
une étincelle qui r'luifoit, je l'y fous tout
doucement contre. V'là t'il pas que l'bougre de tifon m'faute aux yeux, car c'né-
toit qu'not chat qui foiroit dans les cendres; je n'perds pourtant pas courage &
j'parviens à allumer notre lampe. ——Pan,
pan, pan, P. D. —— J'ouvre la porte.
Qu'eft-ce qu'vous l'y voulez au P. D. ——
C'eft d'la part du Roi, me dit un Hocque-
ton, qui voudroit ben l'y parler. Quand
j'vis qu'cétoit d'la part du Roi, j'vis f.
ben qui gn'yavoit pas à badiner, & je
l'priai d'entrer avec fa Compagnie. ——
C'eft pas ça, me dirent-ils, P. D. faut
qu'vous veniés avec nous. J'vois facredié,

40

un Caroſſe à ſix ch'val à not'porte. J'fouille
vîte à not'armoire de bois de noier; j'prens
mon habit canelle, ma veſte d'écarlate
rouge à galon dentellé, mes boutons
d'manche, mon jabot pliſſé, mon cha-
peau à la Ragotzi & ma perruque à queue.
J'fous tout ça à meſure ſu mon corps; j'fais
un paquet d'mes outils; j'les fous dans
l'caroſſe & j'grimpe derrière, chacun ſon
gout; j'aime l'air, moi, foutre! Nous en-
filons l'chemin de Verſailles & nous allons
un train d'bougre ſu l'pavé. Nous paſſons
par Sève, par Girofflée, enfin nous v'la
dans la Cour du Château. L'portier étoit
déja couché; mais l'ſentinelle tout en
m'grondant, dit: qui va-la? — P. D. f. —
Paſſe bougre. — Il ſavoit bien qui j'étois;
de grille en grille, de politeſſe en politeſſe, j'arrive à la porte d'la chambre du
Roi ou les B. m'font gratter comme un
matou. La Reine quitte ſa chauffrette &
vient m'ouvrir. J'entre dans une grande
Salle pleine de miroirs, où la famille
royale, à l'entour d'une grande table,

s'amufoit, à ce que j'crois, à enfiler des
haricots verds, pour le Carême. C'eft f.
bien fait, dis-je, de s'occuper. Mais c'neft
pas ça, Sirette, c'eft qu'vot homme m'a
envoié chercher. Pendant que j'difois ça ,
l'Roi vient à moi & m'fout une claque fur
l'épaule, en m'difant : Ah ! ça, P. D. ,
j'veux vous confulter. — Tout ç'qui vous
plaira, Sire. — Eh ben, on dit qu'vous
vous connoiffés en fourneaux ; il faut
que j'vous en faffe voir qu'on m'a faits.
Nous defcendons à la cuifine. — Eh ben,
m'dit l'Roi , en me montrant fes fourneaux,—P. D.,qu'en penfés vous ? Sire ,
lui dis-je, puifque vous m'l'ordonnés ,
parlant par refpect ; c'neft pas que j'les
méprife ; mais ils font faits comme mon
cul. —V'là f. un homme qui fait ben fon
métier, dit le Roi. Mais encore, qu'eft-ce que
vous y trouvés ? —Sire , lui répondis-je,
fi c'étoit moi qui les eus faits, j'leur aurois
foutu des fleurs de lys à droite, j'en aurois
foutu à gauche , j'en aurois foutu tout au
tour & par deffus & au cul, d'façon qu'on

auroit foutre ben vu qu'cétoit les fourneaux d'votre majesté. L'Roi m'dit, P. D.
faut qu'vous m'en faffiés d'autres. V'là
qu'j'avins mes outils & que j'prépare mon
mortier. Pendant que j'avois l'dos tourné,
l'p'tit Dauphin vient s'amuser à farfouiller
dans mes affaires. Je n'perds pas d'tems,
j'prens ma truelle & j'y en fous fû les on-
gles. C'est fort ben fait, P. D., m'dit la
Reine; c'est un p'tit bougre qui touche à
tout, ça l'corrigera p'têtre. J'me remets à
ma besogne & j'entens des Seigneurs, les
jambes croisées, l'cul fur la huche, qui
parloient voiage. F. j'vous les r'garde! ——
Est-ce que vous avez voiagé P. D., m'dirent-ils ? Oui f. —— Et dans que'pais ? ——
En barbarie, f. —— Et qu'avés-vous vu en
Barbarie? —— F. j'ai vu un Chrétien qu'les
Arabes avaient mis en broche. J'm'appro-
chai du Rôti, le Rotisseur fout l'camp.
Qu'est-ce que tu fais là, dis-je au Chrétien ? —— Ce que j'fais là, dit-il, en tournant toujours & f. je cuis. Tu cuis facredié! Moi, l'humanité m'prend; j'arrête

le contre poids, j'fous l'pied fur la tête de
mon Chrétien & je l'débroche. Mon B.
tombe dans la liche frite, fe r'lève, f'coue
fa fauce, s'fait foutre un coup d'peigne,
paffe fa redingotte & fout l'camp, fans
me remercier ; obligés donc des ingrats !
Le Roi trouva ça ben vilain & m'dit que
c'étoit tout d'même à la Cour. Quand mes
fourneaux furent finis, c'neft pas à caufe
que c'eft moi ; mais je l'dirais en derrière
comme en d'vant d'moi, le Roi en fut fort
content. Voiant de plus que je parlais
comme un livre, y m'dit : P. D. vous
boirés ben encore un coup ! J'en boirai, f.
ben deux, Sire. Il appelle fon p'tit garçon,
M. le Dauphin : chite, chite ; écoute ; va
t'en chercher une bouteille de vin à la cave,
à main droite ; gn'ya pu que celle-là. Da-
bord qu'ceft pour defcendre, le p'tit jean
f. va rondement ; mais à peine était il à
l'avant dernière marche en remontant,
bardi, barda ; v'la mon p'tit bougre qui
r'vient l'Chandelier vuide, l'goulot dans
la main & une boffe à la tête. Son père

était d'une colère de B. , y l'y dit., vous
n'avés jamais été qu'une f. bête & vous
l'ferés toujours. Y m'dit, P. D. j'fuis ben
fâché de ce malheur là ; j'vous prierais
ben à fouper ; mais c'eft que j'ai un tas
d'Ambaffadeurs, de cordons bleus, de
cordons rouges de retenus ; Sire, lui dis-
je, vous vous foutés d'moi! Nous fommes
gens de revue. Quand vous voudrés venir
à la maifon boire bouteille, j'irai moi-
même à la cave & je s'rai fur d'en rappor-
ter. Puis, je repris mes outils, je les foutis
dans l'Carroffe & je r'montai derrière afin
de r'gagner Paris comme j'étais venu.
Quand j'fus arrivé, j'trouvai les Valets de
Chambre des Chevaux du Prince Conti
qui chiaient à ma porte, j'leur dis : queft
qu'ces bougres font-donc là ?—Tu l'vois
foutre ben, c'que j'faifons. — Et j'fens
f. ben auffi qu'ça n'fent pas trop bon.
Ne v'la-t'il pas qu'ils m'foutent le nez dedans; j'n'étais pas reconnoiffable. J'étais
dans mon quartier, je r'venais de Verfailles & je n'voulais pas faire d'efclandre.

Ma facrée garce de femme achevait fon
rêve ; elle ronflait comme un cochon.
J'nai jamais facredié vu de foutu carogne
de femme ronfler comme cell'la. Mᵐᵉ. D.
Mᵐᵉ. D. — Ah ! c'eft toi mon p'tit homme ! —ouvre Mérotte. Cric, crac. C'eft toi
mon ami ! Et d'où viens tu comme ça ?—
D'où j'viens, de Verfailles & j'ons vu le
Roi, foutre, & la Reine auffi. —Toi, foutu
poliffon ! Tu fors d'là boütique d'un Vi-
dangeux. Quand j'vis qu'ma femme fe fâ-
chait, je m'débarbouillai, je changeai de
linge, je fus foutre l'embraffer & nous
fûmes nous coucher.

TREIZIÈME BEIGNET.

Les Lieux à l'Anglaife.

Dans un réduit nommé lieux à l'Anglaife,
Un Moine étoit avec la femme à Blaife
Dans cettui lieu deux Lunettes étoient.

Or dans le tems que nos gens s'ébattoient ,
Vient le mari preffé d'un cours de ventre
Qui frappe & dit : pour Dieu veuillez que
     j'entre ,
Je connois le local, on y peut tenir deux.
   Eh non , non , répondit l'Apôtre,
    Que diable ! je fuis fur les Lieux,
   Nous ferions trop près l'un de l'autre.

XIV

BEIGNET SUCCULENT.

Le Pet.

Des Docteurs raifonnaient fur le préroga-
   tive.
Des membres dont l'homme eft muni.
Là , chacun exerçoit fon imaginative.
L'un trouvoit à la langue un mérite infini :
L'autre aux yeux , l'autre aux mains , &
   chacun perfonnage

Alléguoit ſes raiſons pour donner l'avan-
       tage
    Au membre qu'il avait choiſi ,
  Lorſqu'un deux , après maint Lazi ,
Se lève & dit : Meſſieurs, lorſqu'un corps
      reſpectable
  D'hommes prudens & d'eſprit droit
    Se réunit en quelque endroit
     Pour décider à l'amiable
   De quelque affaire que ce ſoit ,
  N'eſt-ce pas le plus raiſonnable ,
Le plus qualifié , qui le premier s'aſſeoit ?
Chacun ayant trouvé la remarque fort
     ſage ,
  Eh bien , en faut-il davantage ,
   Dit-il , pour être convaincu ,
  Mes chers Meſſieurs , que c'eſt le cu
   A qui demeure l'avantage ?
   Car eſt-il quelqu'un aujourd'hui
Qui puiſſe me nier qu'entre les membres
     nôtres
   Ce beau monſieur ne ſoit celui
  Qui s'aſſeoit avant tous les autres.
   A cet arguement concluant ,

Chaque Docteur fe léve & conclut en riant
Que la fubtile Rhétorique
De l'orateur du cu demeurait fans repli-
que.
Ainfi chacun , en le quittant,
Lui cède volontiers l'honneur de la dif-
pute.
Pour un cas non moins important
Le lendemain on lui députe.
Il vient , entre & d'un grand , Meffieurs ,
comment vous va ?
Accompagné de mainte révérence ,
Ayant falué l'affiftance ;
Un plaifant qui là fe trouva
Pour répondre à fa politeffe ,
Se déboutonne avec adreffe ,
Et tournant fon poftérieur
De vers la face du Monfieur,
Au même inftant vous le régala
D'un Pet, dont le bruit importun
Fit retentir toute la Salle.
A cette action un chacun
Fulmine contre l'incartade
De ce brutal : mais lui fans fe déconcerter,
leur

Leur dit, pourquoi vous emporter,
Meſſieurs, contre ma pétarade?
Avés vous oublié que notre camarade
Hier nous a prouvé très-doctement
Que l'organe le plus honnête
Etoit monſieur le cu? Malgré ſon argu-
ment,
Avec ſa bouche il nous fait fête,
Moi donc plus conſéquent & vraiment
convaincu
Que ſon raiſonnement ne peut ſe contre-
dire,
Je lui réponds avec mon cu :
A cela qu'avés vous à dire.

QUINZIÈME BEIGNET.

Requête plaiſante. *

MONSEIGNEUR,

La Demoiſelle Nops, habitante de
Ville-Franche, prend avec ſon reſpect

* On aſſure quelle fut réellement préſentée
à l'Intendant de Montauban.

D

ordinaire la liberté de répréfenter très-
humblement à votre grandeur que dès le
moment qu'elle a été nubile, elle s'eft vue
en état de jouir de fes droits de nature à
caufe de l'abfence par décès de fes père &
mère, dont Dieu veuille intercepter les
âmes ; que les prud'hommes de Ville-
Franche s'étant corporellement affemblés
pour procéder à la répartition cathégori-
que des impofitions royales de la Commu-
nauté, ils ont inhumainement compris
dans leur rôle la fuppliante pour la fom-
me de 57 liv. 3 f. 5 d. qu'elle ne peut ab-
folument fupporter, vu le peu de rapport
actuel de fon bien qui décline même tous
les jours par la perte de plufieurs bêtes à
cornes qu'elle entretenoit pour fon labour
particulier & par d'autres fâcheux évène-
mens qu'elle prend la très-refpectueufe
licence de numérer très-fuccinctement à
votre grandeur ; comme elle l'a fait par
les précédentes plaintes qu'elle s'eft procuré l'honneur de lui préfenter, & qui
ont eu l'inconvénient de fe confondre ; à

ce qui lui a été rapporté, dans une très-grande infinité de papiers dont votre grandeur se trouve journellement oppreffée. En premier lieu, les grands chemins ont eu le malheur de lui emporter une grande partie de fes domaines, de manière que la majeure partie des terreins, que l'exemple de fes père & mère lui apprenoit à entretenir en bonne culture, eft maintenant abandonnée pour la trop grande & trop magnifique comodité du public, auquel une voie plus étroite auroit bien pu fuffire. 2°. Tout ce qui eft refté fans exception a été grêlé à plate couture, fans aucun égard pour les Champs & les Vignes qui en ont été fort endomagés, ce qui a confidérablement détérioré le bien de la Suppliante, tant d'un côté que de l'autre. 3°. Les récoltes d'ailleurs ont été fi chétives les dernières années, que les épis dénués de grains ou ne rapportant que du charbonnet n'ont produit, à proprement parler, que de la paille dont la D^{lle}. Suppliante à bien de la peine a fubfifter. 4°. La cheminée de fa

maifon fut incendiée il y a quelque tems
par le feu ; cë qui lui procure un dérange-
ment notable ; & Monfeigneur comprend
bien la fituation perplexe d'une Demoifelle qui, fentant fa cheminée en feu, ne
peut recourir qu'a des voifins fouvent vieux
& infirmes, qui n'apportent dans ces acci-
dens que des fecours prefque toujours trop
lents. La D^{lle}. Suppliante peut bien encore citer des procès d'une injuftice de la
plus grande iniquité, qu'elle a eu à foutenir contre fon propre beau-frère, que le
fang n'a pas empêché de la pourfuivre avec
la plus grande rigueur, jufqu'à ce qu'il
l'ait épuifée, quoique plufieurs des plus
forts avocats de parlement, qui étoient très
bien entrés dans fon affaire, l'euffent affu-
rée que le fonds en étoit bon, bien qu'il
y eut quelque chofe à dire à la forme &
qu'elle ne pourroit jamais la perdre. La
D^{lle}. Suppliante, vous priant de prendre
toutes fes pertes en confidération, y ajoute
fon état de fille ; Orpheline depuis longues
années, fans avoir père ni mère, mais feu-

lement une fœur qu'elle eft obligée d'ob-
ferver comme la prunelle de l'œil , pour
faire taire les propos que les méchantes
langues font fouvent parler ; à celle fin
de détruire la réputation d'une jeune fille
du fexe qui fe trouve en bas âge. Monfeigneur de la Galefiere , l'un de vos agréables prédéceffeurs, d'excellente mémoire,
ne réfifta pas à tout ce que la D^{lle}. Suppliante lui montra pour toucher fon grand
cœur, & après avoir par lui-même bien
examiné les pièces, il l'a fit décharger pendant trois ans de la furabondance de fes
impofitions : mais d'autant qu'il ne feroit
pas digne de la bonté de votre cœur de-
laiffer plus long-temps la Suppliante dans
un état de fouffrance qui l'obligerait à laiffer fon bien en friche & expofé à la vora-
cité d'un menu bétail fauvagin , elle ofe
efpérer de vos graces , Monfeigneur , fi
non une décharge auffi confidérable que
celle du fieur de la Galefiere , qu'il vous
plaira au moins fur le relevé de fa cotte, qui
vous fera voir fon état au naturel , la fou-

lager du mieux qu'il vous fera poffible, afin qu'elle puiffe fe reffentir paffablement des benignes influences des faveurs que vous trouverés bon de repandre fur elle.

La D^{lle}. Suppliante de fon côté ne s'épargnera aucun mouvement pour vous engager Monfeigneur à la couvrir de tems à autre de votre féconde protection, & ne ceffera de former des vœux pour la confervation des tréfors inépuifables de votre Grandeur.

SEIZIÈME BEIGNET.

Le Proverbe.

La fille du Cirier de Poiffi,
Loin de l'amant dont elle eft éprife,
Calmoit un jour fon tendre fouci
Avec fa marchandife :
Dans ce délit fa fœur la furprit,
Quoi ? s'écria-t'elle,

Pour ce jeu là
Gâter la plus belle !
Ah ! Mademoiſelle ,
Papa le ſaura.
Sa ſœur alors l'inſtruiſit un peu...
Vraiment, bientôt s'écrie la belle
J'avois grand tort, ah ! le joli jeu!
Il vaut bien la Chandelle.

DIXIÈME BEIGNET.

MON HISTOIRE
DÉDIÉ AU BEAU SEXE.

CHANSON.

Air : *Ce fut par la faute du sort.*

C'eſt à toi ſeul , Sexe charmant,
Que je veux tranſmettre ma vie:
S'il te plaît, attentivement
A m'écouter je te convie:
Garde toi ſur-tout de penſer

Que je veuille t'en faire accroire :
Je vais franchement t'expofer,
Et te mettre au jour mon Hiftoire.

Pour Moi c'étoit un agrément,
Lorfque j'étois dans mon enfance,
De preffer le fein de Maman,
C'étoit l'âge de l'Innocence ;
Mais quand je vois préfentement
Celui de la belle Victoire,
J'éprouve un autre fentiment :
Je lui fais part de mon Hiftoire.

Mefdames, Français je fuis né,
Et j'en ai toute l'inconftance :
Le matin je vais chez Néné,
Le foir je me rends chez Hortence,
Chez Doris, Eglé tour à tour
D'aller je me fais une gloire,
Et fi je change chaque jour,
C'eft pour illuftrer mon Hiftoire.

C'eft avec grand empreffement
Que je courtife neuf Pucelles :
Auprès d'elles je fuis conftant,

Quoique pour moi par fois rebelles.
Elles ont nombre d'amoureux,
Même le fait est très-notoire.
Qu'importe ! je me trouve heureux,
Si je leur plais par mon Hiftoire.

Lorfque je fuis las de l'Amour,
A Bacchus j'offre mon hommage.
A la nuit fuccède le jour,
Entre ces Dieux je les partage :
Levin me fournit le fecret
De chafferloin toute humeur noire:
Avec lui, fi je fuis difcret,
Je relève au mieux mon Hiftoire.

Pour moi c'eft un plaifir bien grand
Que de comtempler la Nature,
Auffi m'arrive-t-il fouvent
D'aller m'affeoir fur la verdure.
A la Campagne, mes amours
S'offrent au mieux à ma mémoire :
C'eft pourquoi l'on m'y voit toujours
Repaffer en main mon Hiftoire.

Allons, ma Mufe, il faut finir,
Si d'amufer tu te propofe,

Tu cauferois du déplaifir,
En allongeant par trop la chofe.
Sept couplets pour une Chanfon
Sont fuffifans, tu dois m'en croire.
Le fexe, en me voyant trop long,
Pourroit rejetter mon Hiftoire.

DIX-HUITIÈME BEIGNET.

LE PUCELAGE CLOUÉ.

Epigramme.

Certain Gaillard voyant, après un gros
    orage,
Une fille emjamber un très-large ruiffeau,
S'écrie, ah!.. quel écart!.. eh!..
    votre pucelage!
Ne craignés vous donc point qu'il ne
    tombe dans l'eau..?
La belle de répondre, il tient bien mon
    bijou;

J'ai, ce matin, que cela vous raffure ;
Eu foin d'y faire mettre un clou
Solide & de mefure.

DIX-NEUVIEME BEIGNET.

COUPLETS IMPROMPTUS. *

Adreffés à la chemife d'une jolie fem-
me, laquelle chemife étoit fur le pa-
nier à chauffer le linge et que la
belle Dame B. alloit mettre.

Air : *Bouton de Rose.*

Toile de Frife,
De ton fort je ferois flatté,
A l'inftant tu vas être mife
Sur les appas de la béauté,
Toile de Frife. (*bis.*)

* Ces couplets ne peuvent avoir de mérite
que par l'expreffion que leur donne le chan-
teur, en se paffionant pour l'objet qui les a
inspirés à l'auteur, et en affectant graduelle-
ment un tendre abandon.

Toile de Frife,
Ah! que je voudrois être toi,
Pourquoi?.. S'il faut que je le dife,
Tu vas toucher certain endroit,
    Toile de Frife.   (*bis.*)

Toile de Frife,
Tu vas baifer un fein charmant,
Heureux deftin, que je te prife !
Ah que ne fuis-je en ce moment
    Toile de Frife.   (*bis.*)

Toile de Frife,
Peut-être te fleurira-t-on,
Dans ceCas, je Sens ma méprife.
Non, je ne veux plus être, non,
    Toile de Frife.   (*bis.*)

Toile de Frife,
Alors prend ce baifer bien doux,
Et quand la belle t'aura mife ;
Dépofe le fur fes genoux,
    Toile de Frife.   (*bis.*)

Toile de Frife,
Si l'on te fait don d'une fleur,

Pour peu que quelqu'un te déprife,
Réferve là pour le Cenfeur,
  Toile de Frife. (*bis.*)

VINGTIÈME BEIGNET.

LE MOT DE L'ENIGME

SUR LE MOT ET LA CHOSE.

Chanson.

Air : *Nouveau.*

J'entens partout citer le Mot,
Partout j'entens citer la Chofe,
Que veut-on dire par le Mot ?
Que veut-on dire par la Chofe ?
Je crois avoir trouvé le Mot,
Et je crois connoître la Chofe :
La Chofe vint avant le Mot,
Et le Mot fut fait pour la Chofe.

De l'Enigme voici le Mot,
En changeant tant soit peu la Chose :
J'établis féminin le Mot,
Et je rens masculin la Chose :
Alors je conçois que le Mot
Peut bien se prêter à la Chose,
Et que d'accord avec le Mot,
Peut bien se confondre la Chose.

Pour elle, la Fille a le Mot,
Pour lui, le Garçon a la Chose ;
Mais si l'une n'offre le Mot,
L'autre est nul quoiqu'ayant la Chose.
Car je soutiens que par le Mot,
Rien ne s'opère sans la Chose ;
Mais que par la Chose & le Mot,
On voit se former quelque Chose.

Ce quelque Chose aura le Mot,
Ou peut-être il aura la Chose ;
Car il ne peut avoir le Mot
A lui seul joint avec la Chose :
Si par hazard il a le Mot
Conjointement avec la Chose,

Dans ce cas, très-peu vaut le Mot,
Et rien du tout ne vaut la Chofe.

Moi Garçon j'eftime le Mot,
Et le prife plus que la Chofe,
Je me trouve heureux quand au Mot
J'applique fortement la Chofe ;
Mais c'eft affez parler du Mot,
C'eft affez parler de la Chofe,
Arrêtons-nous, & vers le Mot
Voyons à diriger la Chofe.

Concluons, & pour dernier Mot,
Et fur le Mot & fur la Chofe,
Sans la Chofe rien n'eft le Mot,
Et fans le Mot rien n'eft la Chofe :
Donc pour faire valoir le Mot
Et pour faire valoir la Chose,
Ajuftons proprement le Mot,
Et comme il convient, à la Chofe.

VINGT - UNIÈME BEIGNET.

Enigme.

Je fuis un quelque chofe
A nul autre pareil ,
Au dedans tout bordé de Rofe ,
Appétiffant , vermeil.
Je fuis grand ou petit, ma figure eft ovale,
Pour donner du plaifir , il n'eft rien qui
    m'égale,
Je fuis chéri de l'homme & je gis fous un
    mont,
Au bas couvert de poil & qu'on nomme
    le . . . .
Certes tu dois favoir, ô folatre jeuneffe ,
Que venant à porter fur moi le bout du
    doigt,
Je deviens tout mouillé , tu peus juger
    pourquoi,
Feignant de pratiquer une auftère fageffe,

Life

Lite plus d'une fois me cacha de ſa main,
Enfin je ſuis utile à tout le Genre humain.

VINGT - DEUXIÈME BEIGNET.

HISTORIETTE.

LA FEMME MUETTE.

Dans un certain pays barbare & non po-
licé en mœurs, y avoit aucuns maris bou-
rus, & à chef mal timbré ; ce que ne
voyons mie parmi nos maris Pariſiens,
dont grande partie, ou tout pour le moins,
ſont merveilleuſement raiſonnans, & rai-
ſonnables ; auſſi onc ne vit-on arriver à
Paris grabuge ni malefice entre maris &
femmes.

Or en ce pays là, tant différend de celui-ci nôtre, y avoit un mari ſi pervers

E

d'entendement, qu'ayant acquis par mariage une femme muette, s'en ennuia; &
voulant foi guérir de cet ennui, & elle
de fa muetterie, le bon & inconfidéré
mari voulut qu'elle parlat; & pour ce eut
recours à l'art des Médecins & Chirurgiens,
qui pour la démuétir, lui inciferent & bif-
touriferent un Encliglote adhérant au filet:
bref elle recouvra fanté de langue; & icelle
langue voulant récupérer l'oifiveté paffée,
elle parla tant, tant, tant & tant, que
c'étoit bénédiction. Si ne laiffa pourtant
le mari bouru de fe laffer de fi plantu-
reufe parlerie; il recourut au Médecin, le
priant & conjurant, qu'autant il avoit mis
de fcience en œuvre pour faire caqueter
fa femme muette, autant il en employat
pour la faire taire. Alors le Médecin con-
feffant que limité eft le favoir medicinal,
lui dit qu'il avoit bien pouvoir de faire
parler femme; mais que faudroit art bien
plus puiffant pour la faire taire. Ce nonob-
ftant le mari fuplia, preffa, infifta, per-
fifta, fi que le favantiffime Docteur dé-

couvrit en un coin des regiſtres de ſon cerveau remède unique & ſpécifique contre icelui interminable parlement de femme ; & ce remède c'eſt ſurdité du mari. Oüi da, fort bien , dit le mari : mais de ces deux maux voyons quel ſera le pire , ou entendre ſa femme parler ; ou ne rien entendre du tout : le cas eſt ſuſpenſif; & pendant que ce mari là-deſſus en ſuſpens étoit, Médecin d'opérer , Médecin de médicamenter par proviſion , ſauf à conſulter par après.

Bref , par certain charme de ſortilége médicinal le pauvre mari ſe trouva ſourd avant qu'il eut achevé de délibérer s'il conſentiroit à ſurdité. L'y voilà donc ; & il s'y tient faute de mieux. Et c'eſt comme il faudroit agir en opérations de Médecine. Qu'arriva-t-il ? Ecoutez & vous le ſçaurez.

Le Médecin à fin de beſogne demandoit force argent ; mais c'eſt à quoi ce mari ne peut entendre, car il eſt ſourd comme voyez : le Médecin pourtant par beaux

fignes & geftes fignificatifs argent demandoit & redemandoit, jufqu'à s'irriter &
colérier : mais en pareil cas geftes ne font
entendus, à peine entend-on paroles bien
articulées, ou écritures atteftées & réi-
térées par Sergent intelligible. Le Médecin donc fe vit contraint de rendre l'ouïe
au fourd, afin qu'il entendit à payement;
& le mari de rire, entendant qu'il enten-
doit, puis de pleurer par prévoyance de
ce qu'il n'entendroit pas Dieu tonner dès
qu'il entendroit parler fa femme.

Or de tout ceci réfulte conclufion mora-
lement morale, qui dit, qu'en cas de maladie & de femmes époufées, le mieux eft
de fe tenir comme on eft de peur de pis.

VINGT - TROISIÈME BEIGNET.

L'ORIGINE DU PET.

Romance de Carnaval.

FLORE & ZÉPHIRE s'aimoient bien,
Tout le monde fait leur hiftoire :
Un autre Dieu, qui ne vaut rien,
A les troubler mettoit fa gloire.
C'étoit le fougueux AQUILON :
Qui, près de *Lubin*, fait de *Lise*,
Sans trop refpecter la chemife,
Souvent voler le Cotillon.

Un jour que le gros brutal vit
Nos deux amans prêts à bien faire ;
Dans le tranfport qui le faifit,
Gonflé d'envie & de colère,
Faute de place par devant,
Il gronde, fouffle ; & notre belle

E iij

De l'autre part, quoique pucelle,
Se voit bientôt pleine de vent.

L'Amour, planant fur ce vallon,
Voyant la Déeffe éperdue,
Le ventre enflé comme un ballon
Succomber au mal qui la tue,
L'endoctrine fecrettement :
Et bientôt, un air de trompette,
Qu'à haute voix l'Echo répette,
Lui donne un plein foulagement.

ZÉPHIRE, effrayé de ce bruit,
Mais foudain, plus furpris encore,
Fait la grimace, vole & fuit
Les parfums que répand fa FLORE.
« Amour, daigne m'entrelacer
« Dans les bras de l'objet que j'aime
« Et duffe être AQUILON lui-même,
« Vois fi rien pourra m'en chaffer.

VINGT - QUATRIÈME BEIGNET.

Epigramme.

Une Nonne, encore affez belle ,
Avait deux Moines pour amis ;
Gens à grand nez , à noirs fourcils ,
Qui pleins de ferveur et de zèle ,
Travaux communs, défervaient fa cha-
     pelle.
L'un , quelques mois paffés, de fatigue
     expira :
La Nonnain long-temps le pleura.
Un jour qu'elle en parlait, étant en exer-
     cice
     Avec l'autre Moine laffé,
     Qui récitait mal fon office,
Hélas ! pourquoi, dit-elle , est-il au Ciel
     placé ?
     Au Ciel ? reprit l'ami du trépaffé ,
     La chofe eut été bien adroite ;

Car la route des Cieux, affure un Très
    Grand Saint
Eft difficile & fort étroite ;
Et vous favez, ma fœur, dit-il d'un air
    malin ,
Que le défunt étoit en tout autre chemin.

VINGT-CINQUIÈME BEIGNET.

LETTRE
TRÈS MAL-HONNÊTE
ET POURTANT
TRÈS GALANTE.

MADEMOISELLE ,

La tendreffe que je vous ai témoigné jufqu'ici
eft fauffe,& je fens que mon dégoût pour vous
s'augmente chaque jour;plus je vous vois, plus
vous me paraiffez odieufe & digne de mépris.
je me trouve naturellement,d'inclination à vous
haïr,il me ferait difficile de dire que j'ai pu vous

donner mon cœur. Votre dernier entretien m'a
paru fort ennuieux, & ne m'a nullement
mis en goût de vous aimer plus fréquemment.
Votre humeur volage, me rendroit bientôt malheureux, fi nous nous unissions & fi j'avais le
reste de mes jours, comme vos parens, le dé-
plaisir de vivre avec vous. J'ai un cœur à
placer en quelque lieu, mais il n'est pas à
votre service, je ne connois personne plus
infidelle & plus inconstante & en un mot moins
capable de faire honneur à ma chère famille.
Je parle sincérement & soyez persuadée que
cette lettre part du cœur & vous me ferez plaisir
fi vous me fuyez, & fi de même vous négligez
de répondre : vos lettres ne peuvent être que
de sottises. Je crois qu'on n'y trouvera jamais
d'esprit & de bon sens. Adieu, croyez que je suis
très mécontent de vous & que je ne serai jamais

Votre très humble & très
obéissant serviteur

JOLI-CŒUR.

En lisant cette lettre de suite, elle est très mal-honnête;
mais en passant alternativement une ligne, cette lettre est
vraiment des plus galantes.

VINGT - SIXIÈME BEIGNET.

RECETTE
Pour la confervation de la fanté &
de la gloire des Belles.

Depuis l'Age de 15 Ans , jusqu'à 25.

1 Gros de Pudeur bien pulverifé ,
3 Grains d'Enjouement rectifié ,
2 Onces de Tendresse fimple ,
1 Demi-Once de Fierté naturelle ,
1 Gros de bonne Opinion ,
2 Grains de petites graines de Minau-
deries , .
4 Onces de Poudre d'or pur ;
Le tout infusé dans une Pinte d'eau
de Beauté, où l'on incorporera un quar-
teron de MATRIMONIUM.

Depuis 25 Ans, jusqu'à 40.
1 Gros d'Aigre doux ,
2 Onces de Prudence

4 Onces de Sirop d'Amour

1 Scrupule de Sirop de Jalousie

1 Demi – Gros d'Emportement,

2 Onces d'huile de Générosité;

Le tout infusé dans deux Pintes d'eau de Discrétion.

Depuis 40 Ans jusqu'à 55.

1 Livre de Racine de Nenuphar, pour rafraichir le fang.

1 Livre de Racine de Patience, pour empêcher de grater.

1 Demi – Livre d'huile Bigotière bien clarifiée,

1 Gros d'Huile de Cafard bien rafinée,

4 Quintaux d'or, diftillé par un habile Homme;

Le tout incorporé et infusé dans les larmes d'une vieille Pécheresse.

Par Ordonnance de Dame EXPERIENCE.

VINGT - SEPTIÈME BEIGNET.

COUPLETS

A mettre en Musique.

Fillettes , au Printems de l'age ,
Si votre Pucelage
S'obſtine à vous faire enrager,
N'allez pas vous décourager :
Il vous faut , ſans autre myſtère ,
Et cela pour le faire taire ;
Lui faire , croyez moi
faire ſigne du bout du doigt.

Si je vois fille qui ſe pame ,
Le trouble eſt dans mon ame ;
Et dans un cas auſſi fatal ,
Je cours chercher remede au mal.
Pour ſecourir beauté ſouffrante ,
Je m'agite, je me tourmente :
Je ne crains pas mon pair ;
Car toujours je ſuis vîte en l'air.

VINGT - HUITIÈME BEIGNET

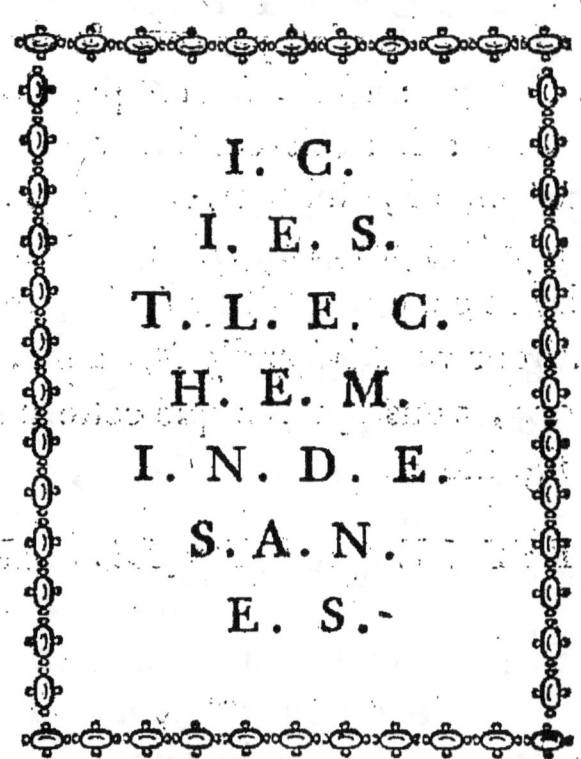

I. C.

I. E. S.

T. L. E. C.

H. E. M.

I. N. D. E.

S. A. N.

E. S.

Trois Savants alloient de compagnie à Mont-Martre, près Paris, et trouvèrent, chemin faifant, cette Infcription fur une pierre. Précieufe trouvaille pour gens de cette étoffe ; et soudain de se creuser la tête pour en découvrir le sens. Chacun fuivant fes conjectures , dit affirmative-ment. Oh ! oui , c'eft cela ! *le Premier :* Imperator Cæsar Invasit, & Subegit,.. *le Deuxieme.* Ce n'eft pas cela, & vous êtes dans l'erreur : c'eft, à n'en pas douter : Julii Caii : il allait continuer quand *le Troisième* dit, Eh ! non, Meffieurs , non, vous n'y êtes pas , & j'y fuis moi. Il avoit raifon ; & cependant ils y étoient tous les trois. Pour vous éviter d'y être auffi , Ami Lecteur , vous fçaurez que cette infcrip-tion fignifie :

ICI EST LE CHEMIN DES ANES.

XXIX
BEIGNET SUCRÉ.

OPERE SCELTE,
COLLA TRADUZIONE
INTERLINEARIA.

Buffonneria.

Amo Honno ujuml olo bzocomlo ù tu-

demio gamFenno ol ujuml eaj gizo uaNo-

gofim kao toc ocbzilc xiluav tupumgem-

mùml it neazzozeil gùmc boa , otto hal

zomgzo xicilo omcailo ù amo honno, geml

tu nozo oleil om buzoit olul. Otto j lzeaxu

pemmo fenbudmio, ol xeatuml nemlzoz

ka otto cſuxeil zuicemoz goc nutugioc ;

kao xeator xeac , toaz gil otto , focl amo

honno nezlo , toc ocbzilc Semmuav ſen-

nomſoml goyµ ù t upumgemmoz.

IL PESTELLO E IL MORTAJO.

Çoglioneria.

OF Piom ! oclſo uayeazgaj , yoamo ol

sfuznumlo Pzamo ,

So yeaz foazoav, ſo nonezapto yeaz,

Kai geil xixzo ù yunuic uav hucloc go

t Uneaz ,

Yeaz ea ſozluim B I T E M gamo uzgoaz

boa ſennamo ,

Hzubo

Hzubo buz toc Zic ol toc Yoav,

Geil gumc am NEZLIOZ ugezupto

Bzobuzoz fo pemfoaz gazupto,

Yaclo bziv go noc lomgzoc hoav.

La putumfoc omfez.... lu zociclumfo ocl

xuimo:

Nem feazudo cufzeil gumc loc pzuc uhei-

ptic.

It ocl lonbc... nuic, Dzümgc Gioav!

nei nono yo hzonic.

Uf! focl lzeb no bujoz tu xietomlo boimo

Kao beaz lei y ui ceahhozl gumc to hoa

goc Gocizc.

Uf!... Nu Zoimo! yo noazc gumc to

coim goc Btuicizc.

F

STROFA

NELLO STILO DELL' ARETINO.

———

Aria : *Degnate sparmiarmi il resto.*

Om Hzumfo leal fenno ua Yubem ;

Go Healzo lotto ocl tu numiozo ,

To Xil c imlzegail gumc to Sem ,

Ceil buz goxuml , ceil buz gozziozo :

G am Coim t em cafello to peal ,

Go cec nuimc toc Hoccoc em bzocco ;

Of *!* eai , xzuinoml , xeitu buzleal ,

Xeitu buzleal, fenno t em Heal

Ea tu Pozdozo ea tu Bzimfocco.

———

A L T R A,

Che si deve leggere all'uso
Hebráico.

Cothmed bezl lmec cmioz cot lmeg, caex

Onzoh bezl zub lco ottiak ut lmeg , caex;

Rottu , ottih oma rofs rottu;

Onzol ma lon otto tun os ù ;

Zodzedog oziuh ù otipuf:

Ofzaeccoz òma ozhhe lomdieb mec ;

Zodot catb ozgmoz caex zaeb lo ;

Zodottu liuc ti lmonolcot,

Oczaep ut cmug orob caex iak os.

INGENUITA.

Sozluimo Nunum zofennumgeil am yeaz ù cu hitto go piom xoittoz ùcum Femmoaz, ol go mo buc ceahhziz ka uafam Odzittuzg j bezlul tu nuim, (otto mo xea-tal buc tai gizo ualzo sfeco ;) beaz to tai bzomgzo. Tu bolilo mo fenbzomuml buc, it huttal kao tu nozo bzagomlo c ov-btikaul. Caz kaei t imdomao tai zobemgil, cejoc lzumkaitto : bozcemmo mo c uxico-zu go bzomgzo fo kao xeac btufoc omlzo to Bibi ol to Sufu.

RIFLESSIONE.

Ea Giupto uacci xu l em btuſoz t FEM-

MOAZ !

TRADUZIONE.

U P S G O H D F I Y Q T N M
A B C D E F G H I J K L M N

E B K Z C L A X V J R &.
O P Q R S T U V X Y Z

VINGT - NEUVIÈME BEIGNET.

HISTOIRE GRECQUE.

L N n é o p y ; l i a t t , l i
a é t a k k , l i a p t , l i
a v c , l i a é t m u , l i a
m é , l i a é t m é , l i a c d
ô R ô ; l i ê d c d a g é k c.

TRENTIÈME BEIGNET.

LA CHASSE.

POT POURRI.

ACTEURS.

Un Chasseur.
Un Garde Chasse.

Le Chasseur.

Air : *Que Pantin seroit content.*

La peste soit du Canton ;
On n'y trouve pas un Lièvre,
La peste soit du Canton ,
On y trouve rien de bon.   FIN.

A chaque pas un Corbeau ,
Et pas le moindre Perdreau.

Toüt le Gibier a la fièvre ;
Nul ne montre fon mufeau.

La pefte , &c.

Hola hée , Garde Chaffe.

Le Garde Chasse.
Monsieur *!*

Le Chasseur.
Dis – moi un peu , l'ami, chaffe-t-on
beaucoup ici ?

Le Garde Chasse.
Cahin, Caha. Je n'laiffons pas que
d'tirer d'temps en tems le p'tit coup ; ça
fait du bien , ça exerce.

Le Chasseur.
Et du Gibier , il paraît qu'il n'y en a
pas beaucoup.

Le Garde Chasse.
Ça eft vrai : y s'fait un peu chercher.
Il y en avoit pourtant très bien l'année
paffée ; mais y nous eft venu un bataillon
de Culs Blancs, qui ont quasiment pioché
toutes nos lapines; Or, comme vous favez,

F iiij

point de lapines point d'lapins. Ah les braves chaffeurs! c'étoit un plaifir de les voir en besogne: y fe jettaient à corps perdu dans les Terriers; & quant à ce qu'eft du Gibier, vous fentés bien qu'autant de vu, autant de trouffé, ça n'fefait pas le plus p'tit pli. On eut dit d'une bande deSorciers; auprès d'eux j'n'étais quasiment qu'un marmouzet & fi c'pendant....

Le Chasseur.

C'eft-à-dire que Monfieur eft un Tireur.

Le Garde Chasse.

Eh! mais oui, pas mal, j'm'en vante.

Air : *Du haut en bas.*

Tout doucement,
Quand j'apperçois quelque lapine,
Tout doucement,
Je vous l'ajuste bellement.
Puis je lui coule fous l'échine
Un peu d'huile de Carabine
Tout doucement.

Vous voyés ce p'tit Fufil là ? On ne dirait pas que ça réfifte au coup. Eh ben ça vous a encore fes fix poftes dans l'ventre ; flairés, flairés ; la pefte m'étouffe s'il fent le vieux déchargé.

Air : *Quoi mã voisine es-tu fachée.*

Si la rouille jamais s'y boutte,
C'eft, par ma foi,
Lorfque je n'y verrai plus goutte,
Encore je croi
Que, fans faire en cette occurrence,
Tant de façons,
Je chafferai à toute outrance,
Fut-ce à tâtons.

Le Chasseur.

Tu dieu ! quel Caffeur de raquettes.

Le Garde Chasse.

Vous riés, vous prenés ce que j'vous conte là de mon fufil pour des vérités de Gafcon : vous autres fufils de la grande taille vous gouailleriés volontiers les courts, n'était qu'on n'fait pas ce qu'on peut devenir, mais tenés : Quand ben même,

Air : *Jean ce sont vos rats.*

Un Fufil trop long
A fouvent la détente
lente :
Un Fufil trop long
Souvent frappe à côté du rond.

Eh tenés , j'ons vu çà à l'Arquebuse de la rue du Chantre : il y avait là un grand Kirielifon qui avait un fufil long comme un fermon d'Capucin , je bourrais pour le feptième coup ; qu'il n'avait pas encore bandé fon chien pour le premier.

Le Chasseur.

Diable ! mais c'eft trop drôle.

Le Garde Chasse.

C'eft trop drôle. Mais vous, qui nous baillés là du lazzi avec votre rire malin, voyons donc un peu ce que vous favés faire.

Air : *O reguingué.*

J'fis curieux d'vous voir tirer,
Vous avez l'air d'vous en mal tirer :
O reguingué, ô lon, lan, là.
Faites moi mentir car l'Diable me cogne
Si je vous crois propre à c'te besogne.

J'vas vous m'ner dans un petit endroit,
où qu'vous trouverés pratique, à condition
qu'vous m'baillerés de quoi arrofer la rue
au Pain, car quand j'ai flairé le terrier
je crève de foif.

Le Chasseur.

C'eft trop jufte.

Le Garde Chasse.

Air : *Allons, allons, à la guinguette,*
allons.

Allons, allons.
Prenés donc garde.
Vous me marchés fur les talons.

Eft-ce qu'on s'tient comme ça derrière
le monde, votre fufil n'aurait qu'à s'trom-
per, ça me ferait tort au moins.

Le Chasseur.

Là là : ne te fâche pas ; mais où me conduis-tu ?

Le Garde Chasse.

Chut... cheux de bon gibier , c'nest pas de la lapine de vingt-quatre sols, non: j'gardons c'te m'nuaille là pour des Clercs de Procureux , lapine d'un an , lapine de dix, tout est bon pour eux. J'vous gardons un friand morceau , une jolie biche, toute fraiche arrivée , mais vous m'payerés ben auffi.

Le Chasseur.

Veux-tu de l'argent d'avance ?

Le Garde Chasse.

Comment d'avance ? mille nom d'une baterie rouillée! je n'suis pas un Bourreau peut-être , mais filence , nous vlà au gîte de la bichotte : là voyés vous derrière ce buiffon ? alle eft couchée , tant mieux c'eft toujours d'la befogne de faite : le fufil eft-il pret ?

Le Chasseur.

Oui.

Le Garde Chasse.

En joue donc, et lâchez l'chien.

Le fusil rate.

Vous ratés, dieu me pardonne, l'diable vous rate! vlà donc ce fufil? il a d'beaux chevéux: gage qu'iln'y a rien dans l'baffinet, tout jufte, vlà un vaillant Chaffeur! Eh ben tenés, à votre air tout drôle je m'frais quafiment douté d'ça : allons prenés la poire à poudre, en bon chaffeur, à pleine main, s'coués un peu, bon, et le chien? bandés donc, il faut tout vous dire, allons t'nés votre fufil droit, car vous n'finiriés pas d'rater.

Le Chasseur.

Voilà qui eft fingulier; cela ne m'était jamais arrivé. Je ne fais pas comment cela fe fait.

Le Garde Chasse.

Pardonnés moi, vous favés comment ça ne fe fait pas. Pourvu que j'n'ayons pas perdu not biche , attendés , ma foi la vlà encore , elle s'eſt levée , hé ben vous aurés la peine de l'abbatre , c'eſt un rien.

Air : *Jean ce sont vos rats.*

Oh ça, not'Bourgeois,
    Sachés faire
Enfin votre affaire ,
Oh ça not'Bourgeois,
Tachés d'ajuſter cette fois.

Tournés par ce côté ci, eh non , par là. Viſés à l'entrefeſſon. On prend toujours une biche par l'cu. Mirés , partés , bon , la v'là à bas. *Vivat !* bravo ! allons, allons j'frons queuqu'choſe de vous. Bayonnette au bout du fuſil ! tombés deſſus , un coup de bourade entre les cuiſſes ; éventrés-la tout de ſuite de crainte qu'elle n'en revienne.

Air : *Dans un détour.*

Ça n'va pas ben,
Allons donc vous manqués de rein
Pouſſés le Canon ,

Ecartés lui le Jambon,
Bon.

V'la c'que c'eſt, n'vous ôtés pas, al're-
mue encore. Reſtés deſſus juſqu'a ce
qu'elle tourne l'œil.

V'là donc not'affaire finie. Vous ſavés
ce qui me revient. . . .

Le Chasseur lui donne une pièce
de vingt - quatre sols.

Allons, fi donc, il n'y a là que d'quoi
aller à l'Hôpital des Chiens. . . (*il lui*
donne six livres.) Bon pour com'ça:
vot valet not'Bourgeois. . . Ah ça y gnia
pas beſoin de vous dire de tenir le Canon
en enbas. Ça va tout ſeul. Au revoir !
Quand vous aurés de la poudre à bruler ,
venés me voir , vous ne la tirerés pas aux
moineaux. Serviteur.

Le Chasseur.

Adieu l'ami.

Le Garde Chasse ; feul.

Pour nous maintenant allons pomper
not'goute car pour un Garde Chaffe.

Air : *La Sagesse est de bien aimer.*

La Sageffe eft de bien Aimer
Et puis par après de bien Boire.

DIX - SETIÈME BEIGNET.

Une jeune fille fe confeffoit à fon Curé
qu'elle avoit piffé dans le Cimetière ; le
Confeffeur lui répondit , *après ?* Mon
Père, j'ai peté dans l'Églife. Le Curé en-
nuyé de cette confeffion, lui répliqua avec
vivacité : *hé bien , va-t-en chier au
Diable.*

TRENTE

TRENTE - UNIÈME BEIGNET.

Subtilité d'un homme pour faire dé-
clarer son Voisin C . . u . par lui-
même.

Un homme de bonne humeur étant lo-
gé en une Hôtellerie dont la Maîtreſſe
étoit aſſez jolie, il la requit pluſieurs fois
d'amour : mais il n'avoit rien pu obtenir
d'elle. Un jour que le Maître étoit aux
champs, il vint ſi grande quantité de
monde que toute l'Hôtellerie étoit rem-
plie. Aſſez tard il arrive un homme de
condition pour loger, la Maîtreſſe fut ex-
trêmement fâchée de le refuſer ; car c'é-
toit une perſonne qui logeoit ſouvent là-
dedans, & qui y faiſoit une belle dépenſe,
mais elle ne pouvoit où le mettre. Ce jeune

G

homme qui étoit amoureux d'elle, voyant
une si belle occasion , dit à la Maîtresse ,
qu'il offroit sa chambre à ce Gentilhomme,
si elle vouloit promettre de lui donner la
moitié de son lit , à quoi elle ne se vouloit
point résoudre : mais celui-ci lui fit tant
de sermens qu'il ne la toucheroit point, &
que ce n'étoit que pour son intérêt, ce qu'il
en faisoit, qu'elle fut ébranlée ; mais auparavant elle voulut être assurée de son fait;
Elle lui dit , qu'elle ne croyait point à tous
les sermens qu'il faisoit , & qu'elle gage-
roit bien qu'il ne les tiendroit pas. Il per-
siste à lui donner cette assurance. Elle lui
dit donc qu'elle vouloit gager dix écus
qu'il ne s'en abstiendroit point , & qu'elle
les paierait au cas qu'il eût cette retenue, &
qu'au contraire, il les paierait au cas qu'il
contrevint à son serment, dont ils demeu-
rèrent d'accord ensemble. Et pour plus
grande assurance , lui dit-il, je veux que
vous me liez , car autrement je ne me tien-
drois pas assuré de moi-même , ce qu'elle
lui accorda. Il donna donc sa chambre à

ce Gentilhomme, & alla coucher avec la Maîtreſſe, qui le lia auparavant enſorte qu'il ne ſe pouvoit remuer. Comme elle fut dans le lit, ſoit que l'envie la prit de rire pour avoir cette homme auprès d'elle, qu'elle connoiſſoit de fort bonne humeur, & qu'elle ſçavoit bien qu'il l'aimoit, ſoit qu'elle eût envie de gagner les dix écus, ce qu'elle ne pouvoit pas avoir, & enſemble ſon conſentement, puiſque par force étant lié comme il étoit, il devoit gagner la gageure, elle le délia. Lui ſe voyant libre ne manque point de prendre ſon plaiſir, quoiqu'elle fiſt ſemblant de ſe fâcher, lui diſant qu'il n'étoit pas homme de parole, & qu'il perdroit la gageure. Il lui avoua bien n'être point homme de parole, puiſqu'elle en voyoit des effets, & que pour la gageure il avoit dequoi ſe défendre de payer. La nuit ſe paſſe de cette façon, & le mari arrive le lendemain. Cette femme prétend que cette homme lui doit payer dix écus, lui s'en défend : Ils veulent que la cauſe ſoit jugée, mais parde-

vant qui ? c'étoit la queſtion. Cet homme
lui dit, qu'il prenoit le Maître du logis
pour Juge, & qu'il lui déclareroit le fait
ſous paroles ambigues, auxquelles il ne
comprendroit rien, ce qu'il fit : & l'al-
lant trouver il lui dit : Mon Hôte : encore
que vous ſoyez partie dans cette affaire, je
vous tiens homme ſi juſte, que je vous
faits Juge d'une gageure que j'ai faite avec
votre femme : Il m'eſt venu un âne de
campagne, j'ai prié votre femme de me
permettre de le mettre dans ſon pré, elle
m'en a refuſé, diſant qu'il mangeroit ſon
herbe : je lui ai promis que non, & que je
l'en empêcherois bien. Nous faiſons gageure, que ſi mon âne mange de ſon herbe
je perdrai, mais que s'il n'en mange pas
je gagnerai. J'ai fiché un pieu au milieu
du pré, où j'ai attaché mon âne ſi court
qu'il ne pouvoit atteindre l'herbe : Votre
femme a elle-même délié l'âne, comme
elle l'avouera, & mon âne a mangé ſon
herbe : Je vous fais le juge à qui en eſt la

faute, & qui a gagné la gageure de nous deux. Le mari jugea que sa femme avoit perdu, & que par conséquent il avoit gagné la gageure.

TRENTE-DEUXIÈME BEIGNET.

LA CLEF.

Conte.

Frère Felix, en son secret dortoir,
Contait fleurette à la sœur Dorothée
Et la Nonnain, loin d'en être irritée,
Par maint soupir lui donnait de l'espoir :
Le Moine alors levant certain mouchoir,
Fit en amour la station première,
Pour aussitôt commencer la dernière :
Mais la Nonnain lui dit, frère Felix,
Y pensez vous ! de Dieu seront maudits :
Ne craignez rien, pour nous sauver, ma
    chère,
Prenez, répondit-il, la clef du Paradis.

TRENTE-TROISIÈME BEIGNET.

LES VERTUS DU MARIAGE.

Oui l'Himen eft des Dieux le plus parfait
    ouvrage
Lui feul peut enlever l'homme au liberti-
    nage :
C'eft le Nœud qui nous lie avec de doux
    accords ,
La Porte des plaifirs qu'on goûte fans
    remords
La Bride qui retient la jeuneffe fougueufe,
L'Onguent qui guérit feul la brulure
    amoureufe ,
Des bleffures du cœur l'Appareil fou-
    verain
Et la Forge en un mot de tout le genre
    humain.

TRENTE-QUATRIÈME BEIGNET.

LES
BOYAUX POUR LES CHATS.

Chanson.

Un bon vieillard bien amoureux
Rencontrant fillette gentille ,
Lui déclara ses tendres feux,
En lui difant , la belle fille ,
Je fuis épris de vos appas :
Auffitôt la fille plaifante ,
En s'étouffant de rire, chante
Des Boyaux pour les chats.

Affeyons nous fur le gazon ,
Oublions le refte du monde ,
Mon cœur vous aime tout de bon
Je fais mon étude profonde
D'adorer de charmans appas :
Auffitôt la fille , &c.

Piqué jufques au fond du cœur
Du mépris qu'on lui fait paroître,
Pour parvenir au vrai bonheur,
Et recevoir un nouvel être,
Il fait en avant quatre pas:
Auffitôt la fille &c.

Il l'embraffa bien tendrement,
Autant qu'un bon vieillard peut faire;
Et fe difpofa lentement
A faire éclore le miftère ;
Mais avant le coup il fut las.
Auffitôt, la fille plaifante,
En s'étouffant de rire, chante
Des Boyaux pour les chats.

XXXV, XXXVI, XXXVII, XXXVIII,
XXXIX, XL, & L, & LX, & LXX,
& LXXX, & XC, & QUA-
TRE-VINGT-SEIZIÈME
BEIGNETS.

NOTICE

DE QUELQUES LIVRES

Qui doivent nécessairement entrer dans la Bibliothèque d'un Homme de Bon Goût, avec le prix de chacun d'eux pour en faire connoître la valeur ; et des extraits pour en faire sentir l'excellence.

———

Cœlii Calcagnini Podicis Encomium.

Caroli Liebardi Langmarcæi Flandri Latrinæ querela.

De Furno & Latrinâ.

Rodolphi Goclenii Problemata De Crepitu Ventris.

Se trouvent, page 348 & suivantes, dans un volume intulé,

Le Rédacteur

1. Amphitheatrum Sapientiæ Socraticæ Joco-Seriæ &c. in duos tomos, partim ex libris editis, partim manuſcriptis congeſtum tributum que à Gaſpare Dornavio Philoſ, & Medico. *Hanoviæ* 1619, 2 vol. in-fol., rare & du prix de 24 à 36 --- liv.

Ce volume de facéties eſt un des plus précieux, & mérite d'être recherché en ce qu'il renferme une infinité de pièces curieuſes et ſingulières, utiles & agréables.

Le tome I, eſt de 854 pages, & le II de 305.

Ars honeſté Petandi in ſocietate per Magiſtrum Ortuinum.

Livre imaginaire cité par Rabelais dans la deſcription des livres de la bibliothèque

de cette

de l'Abbaye de St.-Victor. Cette folatre-
rie du joyeux Maître FRANÇOIS est un
petit coup de pointe fatirique porté a
Orthuinus Gratius, ou Hardouin de Graë
pour fon livre intitulé Fafci*culus Rerum
expetendarum.*

Voir la note qui fe trouve, page 223.
Liv. II, Chap. VII, Tome I des

2. Œuvres de Maitre François
Rabelais avec des remarques hifto-
riques & critiques de M. Le Du-
chat, &c. *Amfterdam* 1741, 3 vol.
in-4°. Prix : 48 à 72 liv. — Suivant la belle condition.

3. Nicodemi Frifchlini & Aliorum
Facetiæ, apud Joh. Janffon,
1651, in-16. Prix, 3 à 4 liv.

(Page 110.)

De Quodum crepitum ventris edente.
Quidam civis Rotwilenfis coram Sigif-

Notice

mundo Duce Auftriæ oraturus, magnum ventris crepitum edidit. Quare ad anum converfus dixit omnibus audientibus fi vultis vos loqui, non eft opus oratione meâ, atque nihilo deterritus, profecutus eft orationem fuam. Quod adeò gratum Principi (qui hilaritate gaudebat) erat, ut hominem honeftiffime tractaret.

(Pag. 156.)

De Ruftico Merdante.

Quidam Sacerdos in villâ Malmsheim cum Rufticum merdantem videret & interpellaret eum, quid huc merdas ? Inquit Rufticus : Quid ad te ? Non enim quifquam cacare poteft, quin tu nafum tuum imponere velis.

Crepundia Poetica.

Se trouvent page 236 et fuivantes dans un volume intitulé :

4. Nugæ venales, five Thefaurus

eft pour

Ridendi & Jocandi, &c. Editio ul-
tima & correctior *Lond.* 1741 ,
in-12. Prix 8 à 9 liv.

(page 16.)

Recita Laudes Podicis.

R. Dominus *Podex* cœtera omnia
membra dignitate fuperat. Nam 1. Eft
Philosophus , quia gerit barbam 2. Eft
Advocatus infignis, quia tam clarè animi
fui fenfa exprimit, ut nullus Advocatorum
audeat nafum fuum admovere: 3. Eft *Ca-
pitaneus* animofus, nam aut vult vincere,
aut vici five mori, ita præfactè pugnat.
4. Eft *Rusticus* infigni charitate præditus,
fœpe enim vincini fui agrum gratis
ftercorat. 5. Dominus Podex eft excel-
lens *Pictor*, præfertim quoad indufium,
linteamina enim tam citò non funt ex-
tenfa, quin picturas varias adumbret. 6. Eft
Probatus *Pharmacopola* , quia optime
conficit confectionem *Diamerdis* 7. Eft
Optimus *Musicus*: nam, quamvis mufica

le moins

divina & vocalis fit jucunda , nihil tamen
ad Podicis muficam : nam vocalis mufica
tantum fatisfaciat auribus , at Podicis
mufica , non tantum tangit auditum ,
fed etiam odoratum , guftum , vifum ,
tactum. 8. Eft *Vir Honorabilis* quia pri-
mus locus ei affignatur. In conviviis hoc
cernere licet , ubi parietes tapetis ornati
funt & pulvinaria compofita , nam ibi
audiuntur ftatim hæc & fimilia : Tu pone
podicem hic, tu ibi : hem tu nimis humi-
liafti podicem, tu non fatis commode fedes,
nimium exaltafti podicem , tu eas allatum
vinum cum tuo podice , tu manes hic
cum tuo podice & ego vobis ago gratias
& abeo cum meo podice.

De Peditu ; ejufque fpeciebus,
Difcurfus methodicus.

Se trouve page 74 & fuivantes dans
un volume intitulé

5. Vincentius Obfopœus de Arte
Bibendi &c. editio fecunda. *Lugd.*

Timbré ,

Batav. 1754, in-12. Prix 5 à 6 liv.

Page 98 qui eſt la dernière du dis-
cours de *Peditu* &c.——ſe lit hæc questio.

In Muſicorum gratiam quæritur quot
ſint genera Crepituum ſecundum diffe-
rentiam ſoni.

Reſp. 62. Nam ſicuti Cardanus oſ-
tendit, Podex quatuor modis ſimplicibus
crepitum format, Acutum, Gravem, Re-
flexum & Liberum: ex quibus compoſitis
Fiunt modi 58. Quibus additis quatuor
ſimplicibus erunt ex prolationis differen-
tia crepituum genera. Qui volet computet.

6. Dictionnaire de l'Académie Françoiſe, nouvelle édition, 2 vol. in-4. Prix 36 liv.

Cet ouvrage eſt abſolument néceſſaire
à tous ceux qui veulent avoir une juſte
définition des mots et les connoître dans
leurs différentes acceptions.

s'il n'eſt

AISANCE, fe dit d'un lieu pratiqué dans une maifon, pour y aller faire fes neceffités. *Les aisances d'une Maison.*

BRAN. f. m. Matière fécale.

On appelle baffement *Bran de Judas* certaines taches de roufleur qui viennent au vifage & aux mains.

BRAN, eft auffi un terme bas qui fert à marquer du mépris pour quelqu'un, pour quelque chose. *Bran de lui.* Bran *de vos promesses.*

CHIER. v. n. Se décharger le ventre de gros excrémens.

On crie par raillerie aux Mafques qui courent au temps du Carnaval, *il a chié au lit.* Et on appelle un vilain Masque. *Un Chie-en-lit.* Chier eft quelquefois actif. *Chier du musc.*

DERRIERE. Signifie cette partie de l'Homme qui comprend les feffes & le fondement. *S'écorcher le derrière, montrer le derrière.*

pas Fou

ETRON. f. m. Matière fécale qui a quelque confiftance, il fe dit de celle de l'homme & de [quelques animaux. *Gros étron. Etron de chien.* Par politeffe on évite de fe fervir de ce mot dans la converfation.

On fent fort bien qu'il eft inutile d'entrer dans de plus grands détails pour faire connoître toute l'utilité du Dictionnaire de l'Académie.

7. L'Art de défoppiler la rate, five de modo Cacandi prudenter, en prenant chaque feuillet pour fe torcher le derrière. Gallipoli de Calabre l'an des folies 175884. (1754), in-12 p. f., 2 v. ; le fecond eft de 1757 & rare. Prix, 4 à 6 liv.

Ce Recueil eft des plus curieux. Parmi nombre de fines plaifanteries, fe rencontrent des morceaux d'utilité, tels que la

tout-à-fait :   **H**

Balance des Peintres, des defcriptions de livres rares & finguliers, la notice des éditions dites Elzeviers, &c. &c.

On ne doit pas le confondre avec un livre qui porte le même titre ; mais qui eft grand *in*-12 (1773) & auffi en 2 volumes.

(Page 105 du tome fecond.)

Les Navets.

Une Demoifelle, ayant mangé à fon dîner beaucoup de navets, éprouva les fuites ordinaires de cette nourriture venteufe. Comme elle defcendait un efcalier, la vapeur commençant à fortir de fon féjour ténébreux ; à chaque pet quelle faifait, elle comptait un navet, deux navets, trois navets, quatre navets ; cinq & fix navets ; elle aurait été jufqu'à mille, fi elle n'eut été interrompue dans fon calcul par un ami du logis qu'elle trouva au bas de l'efcalier. Toute déconcertée en cette rencontre, elle lui demanda depuis quand il était là ? J'y fuis ;

Mais moi ,

dit-il, depuis le troisième navet ; après quoi, il laissa la Demoiselle, qui eut bien de la peine à se remetrre de son trouble.

8. Zephyr-Artillerie ou la Société des Francs-Péteurs. Seconde édition, corrigée & augmentée par l'Auteur, 1743 in-8°.--Prix 4 liv.

En tout 36 pages précèdées de 6 feuillets, pour le Titre, un Avertissement & l'Épître dédicatoire à Madame la Marquise D***. Ce volume se termine par cette

CHANSON

Des Francs-Péteurs.

Air : *Vous qui cherchés le délectable.*

Fuis loin, grotesque Prud'hommie,
Avec tes graves Sectateurs,
Disparois, Stoïque Folie,

Aux aproches des Francs - Péteurs :
D'une utile Philofophie
Seuls ils connaiffent les douceurs.

Suivans pas - à - pas la Nature,
Ils en imitent tous les traits ;
Des façons la burlesque armure
Ne les embaraffe jamais :
La Politeffe & la Droiture
Ont pour eux de puiffans attraits.

Ennemis de la vaine gloire,
Doctes fans oftentation,
Pour eux le Temple de Mémoire
Eft une fade fiction.
A Péter fouvent, Rire & Boire ,
Ils mettent leur ambition.

Vous qui vivez dans l'efclavage,
Venez goûter la liberté
De leur nouvel Aréopage :
Joyeux & noble fans fierté ,
Il eft une riante image
Du Monde dans fa Puberté.

qui ai

9. Le Calendrier des Fous , à Stultomomie , chez Mathurin , Petit-Maitre , Imprimeur & Libraire Juré des Petites Maiſons , dans la rue des Ecervelés , à l'enſeigne de la Femme ſans Tête. L'an depuis qu'il y a des Fous 7736, in-24. Il contient 48 pages : rare. Prix 3 à 4 liv.

Ce petit vol. eſt plaiſant.

(Page 26.)

Une Demoiſelle avoit avalé un arête de poiſſon qui lui étoit demeurée en la gorge & qui l'incommodoit fort : pluſieurs Médecins qui avoient été appelés n'ayant pu la ſoulager , elle ſe trouvoit en grand danger ; quand enfin on eut recours à un Médecin d'urine , de grande réputation, appellé Grillo, qui étoit fort bon Fou de ſon naturel. Ce Monſieur Grillo aſſura

d'abord la malade que ce n'étoit rien &
que les autres Médecins qui l'avoient trai-
tée avant lui , n'étoient que des ânes. Il
demanda feulement du beurre frais & fans
autre miftère il fe mit à en frotter la partie
la plus fecrète de la Demoifelle, qui voulut d'abord faire quelque difficulté ; mais
qui laiffa faire enfin tout ce qu'on voulut.
Cette Demoifelle voyant que M. Grillo
ne faifoit autre chofe que la froter & la
graiffer en un endroit fi éloigné de fon
mal; il lui prit tout d'un coup une fi grande
envie de rire de la folie de ce Médecin
Bouffon & de l'extravagance de fon remède , que les efforts & les fecouffes que
cela lui caufa jettèrent bientôt l'arrête hors
de la gorge , & la Demoifelle fut guérie
dans le moment.

10 La Foiropédie. Almanach des
Chieurs , ou le Paffe-temps de
Garde-Robe. Etrennes odorifé-
rantes dédiées à tous les nez, pour

la préfente année ; in-32 . Titre gravé.

Fol. 27. Verfo.

Air : *Des Portraits à la mode.*

Aller aux Lieux fans linge , ni coton ,
Chier en plein champ ou contre un pignon
Se torcher le Cul avec un bouchon ,
    C'était la vieille méthode.
Sur des Lieux Anglais Foirer puament ,
D'eau rofe fe laver le Fondement ,
Ne Chier qu'à l'aide d'un lavement ,
    Voilà les Chieurs à la mode.

Differtation fur un ancien ufage, (celui de chier dans la rue du Bois , à Troyes).

Se trouve dans un volume intitulé :

11 Mémoires de l'Académie des Sciences, Inscriptions, Belle-Lettres , Beaux - Arts , &c. nouvelle-

minuttes   H jv

ment établie à Troyes en Cham-
pagne. *Troyes* (*Paris*), 1756;
2 vol. in-12.

Prix 3 liv.

(Page 23.)

Un Egyptien & un Perfan voyageaient
enfemble ; ils trouvèrent dans leur chemin un Fouille - merde qui roulait en
long & en large une pilulle de merde
d'âne. Le Persan , qui marchait étour-
diment, ne prenant point garde à l'in-
fecte vénérable, mit le pied deffus &
l'écrafa tout net. L'Egyptien, effrayé de
ce Déicide énorme , leva les yeux vers
le Ciel , & pouffant les cris les plus
lamentables , attefta Dieux & Déeffes
qu'il n'y avait point de part. Le Persan ,
qui ne favait pourquoi tout ce tintamare ,
en demanda la cause à fon camarade.
Malheureux , lui répondit ce dernier ,
ne crains-tu point la vengeance des
à la

*Dieux, toi qui vient de traiter si in-
dignement, l'image de notre Grand
Dieu Osiris.* L'hiftoire ajoute que vrai-
femblablement le Perfan marcha par la
fuite avec plus de circonfpection, dans
la crainte de s'attirer l'indignation de
toutes les Divinités en bleffant ce Dieu
Merdeux.

————————

Cet ouvrage eft tout-à-fait fingulier,
& mérite d'être lû. Dans le fecond volume, fe trouve une differtation fur l'u-
fage de battre fa maîtreffe, où il eft
prouvé qu'il eft de la bienféance de battre ce qu'on aime, & que rien ne produit de fi bons effets, que les Grecs ont
battu leurs Maîtreffes, & que les Ro-
mains en ont fait autant; finalement,
qu'on n'a battu fa maîtreffe que dans
les Siècles Polis.

En effet, qui ne connoit cet adage,
univerfellement approuvé.

Qui bene amat, bene castigat.

parcourir

12 Le Paquet de Mouchoirs, mo-
nologue en Vaudevilles & profe,
dédié au Beau Sexe. *Calceopolis*,
1750, in-12; prix 3 liv.

Livre Original & de bon Faifeur.

Page 47. Il eft queftion de ce qu'une
Amante Ravaudeufe, & un Amant
Savetier apportent pour fe mettre en
ménage.

Air: *Il ressemblait à Fier à Bras.*

J'avons pour meuble de Garçon
Une cage où loge un Pinçon;   *bis.*
Un lit de fangle, une grande huche,
Trois chaifes de paille, un trépié,
Une lampe, un gril, une cruche
   Et nos outils de Savetier.

Air: *Guerlinguin, guin.*

Javotte aporte un miroir,
Pellë, pincette, égrugeoir;
De Bergame une tenture,
Son lit & fa garniture,

ne le

Un tonneau pour nicher fa figure,
Couvert d'un auvent de fapin;
Son couvet, un potager d'étain,
Une S'ringue & fon Baffin.

13. L'Art de Péter, effai Théori-
Phyfique & Methodique. En *Weft-*
phalie, chez Florent-Q, rue Pet-
en - Gueule au Soufflet, 1751.
in-12. Prix 3 liv.

Ce volume eft de 108 pages, & bon
à lire.

(Page 77, on y trouve ces vers).

Je fuis un invincible * corps,
Qui de bas lieu tire mon être,
Et qui n'ofe faire connoître
Ni qui je fuis, ni d'où je fors.

Quand on m'ote la liberté,
Pour m'échapper j'ufe d'adreffe;

* C'eft invifible qu'il faut : vérifié page 426
du tom. II, du Théâtre de Boursault; édition
de 1746, dans la Comédie sans titre.

serais-je

Et deviens Femelle traîtreffe ;
De Mâle que j'aurais été.

On fent bien que ces vers offrent une énigme, dont le mot eft Pet. —— Inutile d'en faire l'explication générale.

14 L'Efclavage rompu, ou la Société des Francs Péteurs ; liberté eft notre devife. *Pordépolis*, 1756, in-12. Prix 3 livres.

15 Hiftoire & Avantures de Milord Pet, Conte allégorique, par Madame F**. *La Haye*, 1755, in-12. Prix 2 liv. —— En tout 68 pages.

Page 3, Chapit. Ier.

Naissance de Milord Pet.

Milord PET, naquît à Culotte, ville des Pays-Bas, entre les embraffemens de deux fœurs jumelles fes Coufines, nommées Feffes; fa mère Gros-Ventre, ne le porta pas long-tems. Les Grands hommes font d'abord formés, &c.

16. Les Malheureufes Amours de M. De Pet-en-haut & de Melle. Veffe-en-d'fous. Hiftoire auffi tragique que véritable & remarquable : fans lieu de ville ni d'imprimeur. 1786, in-8. Prix, 1 liv.

17. Le Grand Myftère, ou l'Art de méditer fur la Garde-robe, renouvellé & dévoilé par l'ingénieux Docteur Swif. *La Haye*, 1729. in-8. Prix, 4 liv.

18. La Pétarade, Poeme en quatre chants; Œuvre pofthume de l'Ab. R * * * Paris. in-8°. 1 liv. 10 f.

19. Le Pot-de-chambre caffé, Tragédie pour rire, ouComédie pour

126

pleurer , &c. *Ridiculomanie* , avec Approbation & privilège du bon goût. in-8°. Prix , 1 liv.

20. Le Pet-en-bec , Parade en vers de huit fillables , 1744. in-12. Rare. Prix arbitraire.

(Page 47.) Couplet final du Vaudeville.

Mefdames , fi nous vous plaifons ,
Chacune , dites fans façons ,
Oui , Pierrot , tu m'amufe :
Si le nez fouffre au dénoucment ,
C'eft une Pièce à Sentiment ,
V'là notre excufe.

21. Hiftoire fecrette du Prince Croqu'étron & de la Princeffe Foirette. *A Gringuenaude* , chez Vincent d'Avalos & Fleurimont Mordant , rue du Gros Vifage , à l'enfeigne du Privé Confeil atte-

nant l'Hôtellerie de la Fleur. in-
12. Prix, 3 liv.

(Page 63.)

CHANSON.

Sur l'air : *Jardinier ne vois-tu pas.*

Je fais de fort bons Beignets,
D'une façon mignone :
Je fais auffi des Cornets ;
Et fi vous voulez des Pets ,
j'en donne, j'en donne, j'en donne.

Vous aimer vieille Philis ,
C'eft aimer peu la gloire,
Vous n'avés Rofe , ni Lys
Et donnez des Vents Coulis
A boire, à boire, à boire.

Un Abeille vit de Fleurs ,
Les Moutons vivent d'Herbe ,
Tous les Amans de Douceurs,
Les Cochons, (fauf votre honneur,)
De Merde , de Merde , de Merde.

Lui ?

Reſtons ſur la bonne bouche & termi-
nons ici notre Notice. Le Lecteur eſt encore prévenu qu'il pourra au mot Merde
ſe mettre ſous les yeux les Epithètes qui
lui conviennent, en les cherchant à ce mot
dans un volume intitulé : Epithètes de M.
de la Porte, qui, ſoit dit par parenthèſe,
(retenu par certain ſcrupule ne veut pas
nommer l'*Avec Eſpagnol*, partie qui
diſtingue la Femme d'avec l'Homme ;
mais ſe plaît à citer grands nombre de
belles & laides Epithètes qui lui ſont propres ou impropres.)

——————

N O S C E T E I P S U M.

Ce qui ſignifie en bon François : Mets **TOI**
Premier dans la Balance ;
& pèze **LUI** Second.

XC-SEPTIÈME BEIGNET.

L'HEUREUSE DÉCOUVERTE.

Conte.

Le Paradis Terreftre eft, dit-on, fi fecret,
Que depuis fept mille ans perfonne ne
   le fçait.
Pareil raifonnement en vérité m'affomme:
N'eft-ce pas cet endroit où l'Éternel fit
   l'Homme ?
Le Paradis Terreftre eft donc où l'on le
   fait.

XC-HUITIÈME BEIGNET.

LE REGRET

Bien & mal entendu.

Une femme ayant perdu fon mari, eut
encore une feconde affliction, car elle per-

I

dit auſſi un Enfant qu'elle alaitoit dans le même téms. On advertit le Curé du Village qui conſentit de ne faire qu'un Enterrement pour tous les deux ; ainſi l'Enfant fut mis dans la même bière qui renfermoit ſon Père. Comme dans les villages les femmes ſont à la ſuite des pompes funèbres qu'elles accompagnent de cris lugubres & de plaintes ſur leur malheureux ſort ; celle-ci crioit & ſe lamentoit diſant mon chère mari je ne te verrai plus! une nuit éternelle nous ſépare pour jamais ! Encore ſi tu m'avois laiſſé ce qui eſt entre tes jambes. . . . Toute l'aſſiſtance ne put s'empêcher de rire à ce ſouhait ſi inattendu, d'autant que l'on n'étoit pas averti que l'enfant avoit été mis entre les jambes du Père comme la place la plus commode pour faire tenir deux Cadavres dans un même Cofre.

XC - NEUVIÈME BEIGNET.

L'ÉTRON ROYAL.

Ode à l'occasion de la Convaleffence
du Roi,

Par PIRON.

Viens me tenir lieu d'Apollon,
Efculape, Dieu des Cliftères !
Que ta Canule & ton Canon,
Digne inftrument de tes myftères,
Me faffent chier fans effort
Des vers & puants & fublimes;
Tels que tous les jours il en fort
Par les culs huilés des Minimes.

Louis avoit l'anus bouché :
Par la bouche il avoit beau prendre
Du Minoratif recherché :
Il périffoit faute de rendre;
Quand un Moufquetaire à genoux,
Seringue en main, vient par derrière,
Et fait fi bien vifer au trou,
Qu'il rompt la fatale barrierre.

I ij

Que vois-je, ô Ciel! c'eſt un Etron!
Que la matière en eſt louable,
Il eſt gros comme un ſauciſſon ;
Il garniroit bien une table.
C'eſt l'œuvre du plus grand des Rois,
L'odeur, le goût ſentent le Trône
Et jamais un anus Bourgeois
N'en eut accouché ſans Matrône.

Inſtrument de notre bonheur,
Etron, délice de la France,
Je te croquerois de bon cœur
Si je t'avois en ma préſence ;
Mais je vois Dumoulin * prudent
Te regarder d'un œil d'envie.
Ciel il porte ſur toi la dent,
En dépit de la Peironie. **

Ménage un ſi rare tréſor :
Arrête ! la France t'en prie,
Pourrois-tu bien donner la mort
A qui nous à donné la vie ?

* Fameux Médecin.

** Premier Chirurgien du Roi.

De ce Sacré dépot garant,
Refpecte un ragout qui te tente,
Songe que le peuple l'attend,
Grands Yeux ouverts, Bouche béante!

DERNIER BEIGNET

100.

AU PLUS BEAU CUL

DE MA CONNAISSANCE.

ODE.

Que le Ciel, quand tu vins au monde,
Accomplit un rare deffein,
Non pas à caufe de ton Sein
Dont la blancheur eft fans Seconde,
Non pas à caufe de tes Yeux,
Capables de charmer les Dieux,

Et l'ame la moins amoureufe :
Tout cela ne me tente pas ;
Mais je t'eftime bienheureufe
D'avoir un Cul comme tu l'as.

O que de graces il renferme
Ce brave Cul que j'aime tant ;
O que fon tein eft éclatant,
O qu'il eft dur , ô qu'il eft ferme !
Le marbre eft mol auprès de lui :
Il n'eft point de Cul aujourd'hui
Qui ne lui cède en la Province :
L'ongle tranchant comme un rasoir
N'y peut non plus mettre la pince
Que fur la glace d'un miroir.

Je jure , ô Beauté qui m'engage,
Que ton derrière m'a vaincu ;
J'aimerais mieux baifer ton Cul ,
Qu'Hélène au plus beau du vifage.
Cette Grecque pleine d'appas ,
Par qui le bon Roi Ménelas
Se vit coeffé comme une hupe ,
Encor qu'on la vante fi bien ,
Ne porta jamais fous fa jupe
Un Cul fi rare que le tien.

Puiſſe-tu, Cul conſidérable,
Autant que Cul le fut jamais,
Etre renommé déſormais
Par toute la terre habitable :
Qe tous les Culs les plus diſpos,
Du tien ſi blanc, ſi dur, ſi gros,
Reconnaiſſent la Seigneurie;
Et puiſſe-tu t'aſſeoir toujours,
Ou ſur des lits en broderie,
Ou ſur des carreaux de velours.

FIN

DES

BEIGNETS.

SUIVENT LES BRINBORIONS,

Miettes, Broustilles, Croquettes (ou Gringuenaudes * improprement dittes par quelques uns) pour signifier les petits morceaux de pâte frits, qui se détachent des Beignets.

AFFIGES DES GRANDS
OPÉRATEVRS DE MIR-
linde, noùuellement arriuez.

AVX DAMES.

LES dignes Operateurs promettent, en la faueur de la conftellation courante, les receptes propofées ci – apres, au tres-grand contentement de l'Vniuers.

* La juste définition de ce mot se trouve dans le Dictionaire de l'Académie Française.

Si quelqu'vn doute de leur propofition, il ne faut que fe prefenter à l'applicatoire furpernaturel, dont l'experience fera foy. Ce qui fe pratiquera cordialement en la préfence de tous les abfens, &c.

CY COMMENCENT

LES RECEPTES MERVEILLEVSES

defdits Operateurs.

1. Eau de iouiffance pour foulager la fieure amoureufe.

2. Eau de perles diffoutes auec diamans, diftillées au feu de rubis dans vn Alambic d'or, pour fe faire aimer par force.

3. Effence de Cocuage, pour guérir de la jaloufie.

4. Eau de prudence, meflée auec efprit de Socrate, pour guérir de la vanité.

5. Effence de Martel, pour exciter à vigilance.

6. Effence de Defir, extraicte au feu d'Impatience, incorporée auec fleur de ieuneffe, pour deuenir bon Guerrier en amour.

7. Confection d'efperance & de crainte, pour entretenir les amoureux.

8. Lapis d'affliction, pour cognoiftre facilement le carac d'vn efprit.

9. Larmes diftilées au feu du véritable amour, pour adoucir la cruauté.

10. Sauon du vieux temps & d'oubliance, pour ofter les taches de l'honneur des femmes.

11. Opiate de contentement defiré auec affeurance de poffeffion, pour defopiler la rate.

12. Expreffion des figures de l'Aretin broyées entre deux draps, pour expulfer la melancolie.

13. Graiffe du Perou, pour chaffer la goute des pieds & des mains.

14. Effence de diffimulation, pour fe faire aymer.

15. Poudre du tronçon de la lance d'Aftolphe, meslée auec du fable de Pactole, pour faire tomber une partie des femmes à l'enuers.

16. Huile de Vertugadin, pour couurir l'hydropifie des pucelles.

17. Pomade d'efcorce de belle taille, de miel de douceur, d'abfinte de grauité, pour oindre ceux qui ont mauuaife mine.

18. Eau de fleurs de Cicéron & de Demofthene pour n'ettoyer la langue.

19. Vne piece du Ciel empirée, pour faire accoucher les femmes fans douleur.

20. Cendres tirées des vrnes de Sapho, Lais, Flore, Meffaline & Liuie, pour guerir des pasles couleurs.

21. Effence de prompte iouiffance, extraicte du marq de la fatieté, au bain du changement, pour guerir de l'amour.

22. Opiate d'accompliffement de defir

& de repos d'efprit ; pour goufter le fou-
uerain bien en ce mondc.

23. Effence de la rozée de Danaée, pour
gaigner les Soudames.

24. Vn morceau de la premiere ma-
tiere de la rouille de la faulx du Temps
auec le jus des herbes de Medée, pour
raieunir toutes fortes de vieilles gens.

25. Eau de continence & temperance
paſſées par l'alambic des vertus moralles,
pour euiter le Mal de Naples.

26. Eau de baiſer & attouchemens,
pour efchauffer vn vieux courage.

Remedes Communs.

Poudre de menuë penſée , pour la melancolie.

Trippe-Madame, pour ſe purger doucement.

Poivre Concaſſé pour la colique cornuë.

Caſſe de Levant pour l'Amaris.

Peaux de Connin pour amolir les nerfs.

Racine de patience, pour toutes fortes de maladies.

M O T S

Des Enigmes et du Logogriphe qui se trouvent pages 17, 18, 29 et 64 dans ce volume.

Un Chaffeur, un Pécheur, un Preneur de *Taupes* feroient de beaux coups fans les fautes.

Quoiqu'en dife Ariftote & fa Docte Cabale,
Le *Tabac* eft divin ; il n'eft rien qui l'égale.

La Lettre M eft, à vrai dire, la première de Mer, de Mâche, &c.

Mordié, je me bats *l'OEil* de Mercure & de toi.

S'en battre l'Œil, eſt une expreſſion
qui eſt là même que celle de s'en battre
les Feſſes, pour dire, ainſi que Magdelon
Friquet, que l'on ſe rit & qu'on ſe moque
de tout Malin Caquet.

PENSÉE FLEURIE.

Laudatio de TE ipſo
STERCUS eſt in Ore tuo.

Ce qui ſignifie

Prens ton Mouchoir, Toi qui te ſens
Morveux.

AIR DE LA CHANSON,
page 61.

AIR DES COUPLETS,
page 76.

RESTE A LÉCHER:

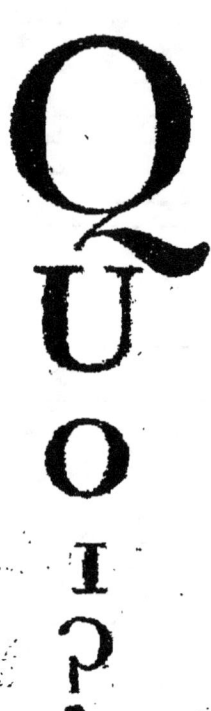

LA REPONSE EST
DERRIÈRE.

REPONSE A LA QUESTION

QUOI?

Le Sucre qui ſe trouve ordinairement
ſur le bord & au fond du Plat, ou ſi
mieux on aime

&c.

FOND ET TRÈS-FOND

DU PLAT DE CARNAVAL

Apprêté par Guillaume

Bonnepâte ,

et servi

Par P. S. C***ɴ ,

en manière de

CONCLUSION FINALEMENT FINALE.

Or eſt-il que ſi ToᴜT a commencement comme il a fin, auſſi eſt-il que tel qui part du Mont ALPHA & qui fuit ſon chemin en deſcendant perpendiculairement doit arriver néceſſairement au bas & ſe trouver dans la Vallée proprement dite OMEGA, pour s'y fixer, s'il ne veut parcourir le plat pays : Ce qui doit ici s'entendre de l'Editeur de ce Facétieux Recueil,

qui, voyant ſa courſe aſſez longue, ſe
propoſe ici de boire un, deux, trois
coups à la ſanté de ſes Lecteurs, &
puis par après de leur ſouhaiter
bons jours & bonnes nuits juſqu'au réveil ; car eſt-il qu'il
prétend encore leur ſervir
un autre plat de ſon mé-
tier, au moins tel eſt
ſon Deſſein, tel eſt
ſon But, tel eſt
ſon Deſir, telle
eſt Finale-
ment ſa

FIN.

Ω M E Γ A.

CARTON OUVERT

AUX GENS BONS,

VRAIS ET JOYEUX AMIS:

CAR ON ne doit avoir rien de caché
pour Eux.

On appelle aussi *Carton* un Feuillet d'Impression qu'on refait à cause de quelques fautes qui y sont survenues ou de quelques changemens qu'on y veut faire. *Faire un Carton,* *mettre un Carton à un Livre.* DICTION. DE L'ACADÉM.

XXIX
BEIGNET SUCRÉ.

OPERE SCELTE,
COLLA TRADUZIONE
INTERLINEARIA.

Buffonneria.

Amo Honno ujuml olo bzocomlo ù tu-
Une Femme ayant été présente à l'a-

demio gamFenno ol ujuml eaj gizo uaNo-
gonie d'unHomme et ayant oui dire au Mé-

gofim kao toc ocbzilc xiluav tupumgem-
decin que les esprits vitaux l'abandon-

muml it neazzozeil gumc boa , otto hal
nant il mourreroit dans peu , elle fut

zomgzo xicilo omcailo ù amo honno, geml
rendre visite ensuite à une femme , dont

tu nozo oleil om buzoit olul. Otto j lzeaxu
la mère étoit en pareil état. Elle y trouva

pemmo fenbudmio, ol xeatuml nemlzoz
bonne   compagnie , et voulant montrer

ka otto cfuxeil zuicemoz goc nutugioc ;
qu'elle sçavoit raisoner des maladies ;

kao xeator xeac , toaz gil otto , focl amo
que voulez-vous , leur dit-elle , c'est une

honno nezlo , toc ocbzilc Semmuav fen-
femme morte , les esprits Connaux com-

nomfoml goyu ù t upumgemmoz.
mencent   déja à l'abandonner.

IL PESTELLO E IL MORTAJO.

Çoglioneria.

OF Piom ! oclfo uayeazgaj , yoamo ol
EH Bien ! est-ce aujourd'huy , jeune et

    sfuznumlo Pzamo ,
    charmante Brune ,

So yeaz foazoav, fo nonezupto yeaz,
Ce jour heureux, ce mémorable jour ,

Kai geil xixzo ù yunuic uav hucloc go
Qui doit vivre à jamais aux fastes de

    t Uneaz ,
    l'Amour ,

Yeaz ea fozluim B I T E M g amo uzgoaz
Jour où certain P I L O N d'une   ardeur

    boa fennamo,
    peu commune,

Hzubo buz toc Zic ol toc Yoav,
Frapé par les Ris et les Jeux,

Geil gumc am NEZLIOZ ugezupto
Doit dans un   MORTIER adorable

Bzobuzoz fo pemfoaz gazupto,
Préparer   ce bonheur durable,

Yaclo bziv go noc lomgzoc hoav.
Juste prix de mes tendres feux.

La putumfoc omfez.... lu zociclumfo ocl
Tu balances   encor.... ta résistance   est

    xuimo :
    vaine:

Nem feazudo cufzeil gumc loc pzuc uhei-
Mon courage s'acroit dans tes bras afoi-

    ptic.
    blis.

It ocl lonbc... nuic, Dzümgc Gioav !
Il est temps.... mais, Grands Dieux !

    nei nono yo hzonic·
    moi même je frémis,

Uf ! focl lzeb no bujoz tu xietomlo boimo
Ah ! c'est trop me payer la - violente   peine

Kao beaz lei yui ceahhozl gumc to hoa
Que pour toi j'ai souffert dans le feu

    goc Gocizc.
    des Desirs.

Uf!...Nu Zoimo! yo noazc gumc to
Ah!...Ma Reine! je meurs dans le

    coim goc Btuicizc.
    sein des Plaisirs.

S T R O F A

NELLO STILO DELL' ARETINO.

Aria : *Degnate sparmiarmi il resto.*

Om Hzumſo leal ſenno ua Yubem,
En France tout comme au Japon,

Go Healzo lotto ocl tu numiozo,
De F..... telle est la manière,

To Xil cimlzegail gumc to Sem,
Le V... s'introduit dans le C...,

Ceil buz goxuml, ceil buz gozziozo:
Soit par devant, soit par derrière:

G am Coim tem caſello to peal,
D'un Sein l'on suçotte le bout,

Go cec nuimc toc Hoccoc em bzocco;
De ses mains les Fesses on presse;

Of ! eai , xzuinoml , xeitu buzleal ,
Eh ! oui , vraiment , voilà partout ,

Xeitu buzleal, fenno t em Heal
Voilà partout, comme l'on F....

Ea tu Pozdozo ea tu Bzimfocco.
Ou la Bergère ou la Princesse.

———

ALTRA ,

Che si deve leggere all'uso
Hebraico.

———

Cothmed bezl lmec cmioz cot lmeg, caex
selfnog   port tnos snier sel tnod, suoV

Onzoh bezl zub lco ottiak ut lmeg , caex,
emref port rap tse elliuq al tnod , suoV,

Rottu , ottih oma rofs rottu ;
zella , ellif enu zehc zellA ,

Onzol ma lon otto tun os ù ,
emret nu tem elle lam ec A ,

Zodzedog oziuh ù otipuf :
regroged   eriaf à elibaH :

Ofzaeccoz oma ozhhe lomdieb mec ,
ecruosser   enu erffo tengiop noS ,

Zodot catb ozgmoz caex zaeb lo ;
regel sulp erdner suor ruop tE ;

Zodottu liuc ti lmonolcot,
regella   tias li tnemetseL,

Oczaep ut cmug orob caex iak os,
esruob al snad ezep suov iuq eC.

INGENUITA.

Sozluimo Nunum zosennumgeil am
Certaine Maman recommandoit un

yeaz ù cu hitto go piom xoittoz ùcum
jour à sa fille de bien veiller à son

Femmoaz, ol go mo buc ceahhziz ka uasam
Honneur, et de ne pas souffrir qu'aucun

Odzittuzg j bezlul tu nuim, (otto mo xea-
Egrillard y portat la main, (elle ne vou-

tal buc tai gizo ualzo sfeco ;) beaz to
tal buc tai dire autre chose ;) pour le

lut pas lui dire autre chose ;) pour le
tai bzomgzo. Tu bolilo mo senbzomuml

tai bzomgzo. Tu bolilo mo senbzomuml
lui prendre. La petite ne comprenant

buc, it huttal kao tu nozo bzagomlo c ov-
pas, il fallut que la mère prudente s'ex-

pas, il fallut que la mère prudente s'ex-
btikaul. Caz kaei t imdomao tai zobemgil,

btikaul. Caz kaei t imdomao tai zobemgil,
pliquat. Sur quoi l'ingénue lui répondit,

cejoc lzumkaitto : bozcemmo mo c uxico-
soyez tranquille : personne ne s'avise-

soyez tranquille : personne ne s'avise-
zu go bzomgzo so kao xeac btufoc omlzo

zu go bzomgzo so kao xeac btufoc omlzo
ra de prendre ce que vous placés entre

ra de prendre ce que vous placés entre
to Bibi ol to Sufu.

to Bibi ol to Sufu.
le Pipi et le Caca.

RIFLESSIONE.

Ea Giupto uacci xu l em btufoz t FEM-
Ou Diable aussi va-t'on placer l'HON-

MOAZ !
NEUR !

Air : *du Vaudeville du Faux Serment.*

Mufe, il faut n'être que Bouffonne ;
Tu me fembles bien Poliffonne ,
On va crier , n'en doute pas ,
  Elle a des Rats !
  Elle a des Rats ! (*bis.*)
Trembles qu'on ne te faffe faire
L'Office de Torche-Derrière
Pour tous ceux à qui chacun dit ,
  Il a chi au Lit !
  Il a chi au Lit !

MOUTARDE APRÈS DINER
ou
REFLEXION TARDIVE.

www.ingramcontent.com/pod-product-compliance
Lightning Source LLC
Chambersburg PA
CBHW051130260626
47170CB00005B/1747